KB162819

「잠깐, 코우타……그……

너무 가슴만 보잖아…….」

「있잖아…… 코우타는 만약 내가 결혼하면……

어떨 것 같아?」

언제나 쌀쌀맞게 구는
소꿉친구지만
나를 짝사랑하는 속마음이
다 들려서 귀여워

Vol.

로쿠마스 로쿠로타

표지 · 본문 일러스트
bun150

목 차

프롤로그

  메이지 유신 시대보다도 조금 전, 혼인에서 가장 중요시되는 게 돈과 집안이었던 시대. 어떤 마을에 소꿉친구 사이인 남녀가 있었다.

  두 사람은 집이 이웃 사이여서인지 어릴 적부터 시간만 나면 서로의 집을 오가며 귀찮은 일은 떠맡았다느니 건넛집 남자가 넘어졌다느니 같은 잡담을 나누며 깔깔 웃었고, 때로는 학식이 있던 남자가 여자에게 글자를 알려주기도 했다.

  언제부터인가 두 사람은 서로를 둘도 없는 존재로 인식하며 당연하다는 듯이 의식하게 되었다.

  그러나 그럴 때 남자 쪽에 혼담이 들어왔다.

  듣자 하니 상대는 명가의 여식인 듯 남자의 부모는 그 이야기에 대단히 기뻐했다.

  그 시대에 연애라는 개념은 희박했기에 우선시되는 건 부모의 의향뿐이었다. 물론 남자도 내심으로는 소꿉친구인 여자를 마음에 두었으면서도 그 혼담을 거절할 생각은 안 했다.

  남자에게 혼담이 온 사실은 소꿉친구 여자의 귀에도 들어갔다.

그리고 남자가 그 혼담을 받아들였다는 것도.

여자는 하룻밤 내내 울었다.

울며 밤을 지새웠다.

언젠가 이런 날이 오리라는 건 알고 있었다.

같은 평민이라도 상가를 경영하는 집안의 남자와 농가의 딸로 태어난 자신.

집은 이웃이었지만 그사이에는 좁힐 수 없는 간극이 있었다.

하지만 그렇더라도 여자는 떨쳐낼 수 없는 후회를 하고 있었다.

줄곧 간직해 왔던 자신의 마음을 남자에게 고백하지 못한 채로는 있고 싶지 않다고.

남자의 혼담을 어떻게 하고 싶은 건 아니었다.

그저 알아줬으면 했다.

자신이 남자를 얼마나 사랑하고 있는지를.

여자의 결의를 꿈에도 모르는 남자는 자신의 마음을 덮어두고 혼인날을 기다렸다.

그리고 당일에 식장으로 향하려던 남자의 집 현관에 한 통의 편지가 꽂혀 있었다.

내용을 확인해보니 편지에는 서툰 글씨로 '부디 네코후시미 다리를 지나가 주세요'라고만 적혀 있었다.

남자는 그 서툰 글씨로 적힌 편지가 소꿉친구 여자의 것이라는 걸 바로 알아챘다.

부모에게 그 사실을 전하고 식장으로 향하기 전에 그 다리를 지나기로 했다.

　다양한 상점이 늘어선 대로를 지나 인파에 몸을 맡기듯이 걸음을 옮기니 금방 다리에 도착했다.

　남자는 시야 끝, 인파 속에서 흐름을 거스르며 다리 중앙에 우두커니 서 있는 소꿉친구 여자의 모습을 발견했다.

　남자는 한순간 미소 지을 뻔했지만 입매를 굳게 다물며 어떻게든 평정을 가장했다.

　설령 서로 얼마나 사랑하고 있더라도 부모가 정한 혼담을 거스르진 못한다. 두 사람 모두 그걸 알고 있었다.

　남자가 눈을 내리깔며 여자의 옆을 지나치려고 했을 때 여자는 각오와 함께 입을 열었다.

　"당신을 사랑합니다."

　여자는 그 말이 다리 위의 소란에 가려지기를 바랐다. 그래서 일부러 사람이 많은 이 자리로 남자를 불러냈다.

　그렇지만 여자의 말은 남자와 그 부모의 귀에 똑똑히 전해졌다.

　남자는 여자를 돌아보지 않고 나직하게 중얼거렸다.

　"나도…… 사랑하고 있어."

　그 직후였다.

다리에 서 있던 사람들이 눈을 크게 뜨더니 일제히 하늘을 우러러보며 손가락질을 했다. 비명과도 닮은 외침이 오갔다.

소꿉친구인 남녀도 황급히 하늘을 확인해보니 그곳에는 허공에 두둥실 떠 있는 사람의 모습이 있었다.

불꽃처럼 새빨간 머리카락을 휘날리며 신성한 광채의 띠를 둘렀다.

머리에는 짐승의 귀가, 그리고 허리 부근에는 가늘고 긴 꼬리가 신성하게 흔들리고 있었다.

누가 먼저라 할 것 없이 목소리가 터져 나왔다.

"천녀 님이시다! 천녀 님이 계신다!"

그 모습은 틀림없이 천녀(天女)였다.

천녀는 두 사람 사이에 사뿐히 착지했다.

"방해하지 말거라."

그리고 그런 한마디 말만을 중얼거리곤 지면을 박차고 날아오르며 그대로 마을 쪽으로 사라졌다.

주위가 시끄러워지는 가운데, 그들보다도 허둥댄 건 남자의 부모였다.

천녀가 나타나서 두 사람 사이를 방해하지 말라며 몸소 경고해온 것이다.

이렇게 된 이상은 지금 있는 혼담은 부차적인 문제였다. 인지를 넘어선 존재의 말을 무시하면 어떠한 천벌이 내릴지 모를 일이었다.

그렇게 남자의 부모는 곧바로 혼담을 거절하고 소꿉친구인 두 사람을 혼인시키기에 이르렀다.

　소꿉친구인 두 사람은 뭐가 어떻게 된 건지 알 수 없었지만 자신들의 사이를 천녀 님이 축복해줬다며 크게 기뻐했고 경사스럽게 맺어지게 되었다.

　그 일은 '천녀의 중매' 라는 이야기로 마을 전체에 퍼졌고, 지금도 매년 여름이 되면 하계에 내려온 천녀를 위해 축제를 개최하는 풍습이 남아 있었다.

제1장 『여름이라면!』

"──이런 옛날이야기가 있어서 이 근처에서는 매년 여름이 되면 천녀 님을 기리는 풍습이 있어!"

한여름의 종업식이 끝난 방과 후. 시작된 여름 방학에 들뜬 마음으로 귀로에 오르는 학생들을 아랑곳하지 않고 교실의 앞자리에 앉은 미즈키가 어딘가 득의양양한 태도로 손가락을 세우며 그렇게 큰 목소리를 냈다.

작은 가슴을 당당하게 펴며 등을 뻗자 색소가 옅은 머리카락이 흔들렸다.

그런 지나치게 자신만만해서 아니꼬워 보이는 표정마저도 미즈키가 지으니까 눈부신 귀여움으로 그득했다.

지금 느닷없이 머리를 쓰다듬으면 화내려나.

"코우타! 내 얘기 듣고 있어?!"

"어? 어, 어어, 듣고 있어, 듣고 있어. 옛날에 소꿉친구가 어쩌고저쩌고했다며. 너도 그런 달곰한 러브 스토리 참 좋아하네."

"뭐 어때! 달곰한 러브 스토리 좋잖아!"

"뭐, 나도 싫어하는 건 아닌데……. 천녀 부분은 좀 억지스럽지 않나. 너무 급전개라 따라가기 힘들다고."

"이 일대는 옛날부터 천녀 신앙이 뿌리 깊은 토지래. 목격 정보나 일화도 많이 남아 있어!"

"흐음……."

뭐, 신도 있으니까 천녀란 게 있어도 이상하지는 않나…….

미즈키는 이쪽을 흘겨보고는 재미없다는 듯이 내 책상에 팔꿈치를 괴었다.

"흐음이라니……. 그 관심 없는 반응은 뭐야? 재미없게……."

"애당초 소꿉친구 사이의 연애는 너무 흔해서 새삼스럽다고 할까……. 질린다고 할까……."

내 말을 자르듯이 옆에서 덜커덩하는 소리가 났다.

무슨 일인가 싶어서 조심스럽게 시선을 옮겨보니 자리에서 벌떡 일어선 것으로 보이는 아야노가 날카로운 시선으로 이쪽을 보고 있었다.

길고 유려한 검은 머리카락에 노기를 띠고 붉게 물든 뺨이 몹시 눈에 띄었다.

평소에는 조신하게 닫고 있는 입술도 지금은 입꼬리가 내려간 채 꾹 다물려 있어서 아야노가 언짢아 보인다는 건 한 눈에도 알 수 있었다.

으아……. 뭔가 무진장 기분 나빠 보이는데…….

아야노가 어깨를 파르르 떨자 속마음이 또렷하게 내 귀에 들려왔다.

"《코우는 아무것도 몰라! 소꿉친구끼리 연애를 성취하는 게 얼마나 어려운 일인지를! 내가 언제나 코우에게 얼마나 열심히 어필하고 있는지도! 으으…… 흔한 게 뭐 어때! 코우와 함께 있을 수 있다면 흔해 빠졌더라도 그러고 싶은걸!)"

멋대로 남의 이야기를 훔쳐 듣고 폭발하는 건 그만둬주시겠습니까…….

아야노의 심정도 모른 채 미즈키는 생각났다는 것처럼 아야노에게 말했다.

"아, 맞다. 유메미가사키 양도 '해안선에서 너를 그릴 때'의 사인책을 가지고 있었으니 그런 달콤한 러브 스토리를 좋아하는 거지? 그럼 공감하지 않아?"

당장에라도 달려들 것처럼 씩씩대고 있던 아야노는 미즈키의 말에 가까스로 참으며 자리에 도로 앉았다.

"아, 응, 그렇지. 아무리 스토리와 무대 설정이 뻔해도 거기서 생겨나는 일종의 안심감은 대단히 중요하니까. 최근에는 참신한 연애 소설도 많이 나오지만 그런 건 평범함의 안심감 앞에서는 무가치해. 특히 그중에서도 소꿉친구 사이의 연애는 언제 어떠한 시대라도 통하는 정석적인 설정이잖아. 고전적이지만 어떤 이야기에서도 최대한의 효과를 발휘하는 최강의 무대 장치고. 그건 전 인류의 공통된 가치관이라 해도 과언이 아니지 않을까?"

느닷없이 말 잘하네…….

그리고 말하면서 내 쪽을 힐끗거리는 건 참아줄래…….

아야노의 대답에 납득했는지 미즈키는 발랄하게 웃으며 "그치~?!" 하고 고개를 크게 주억거렸다.

너 정말 아야노가 한 이야기를 전부 이해했어?

이해는 안 됐지만 그냥 적당히 주억이고 있지 않아?

미즈키가 다시 화제를 돌렸다.

"아, 그래서 있잖아. 그 옛날이야기에서 비롯된 축제가——."

그러나 거기까지 말했을 때 미즈키의 이야기를 자르듯이 아야노가 재차 입을 뗐다.

"그래서 나는 소꿉친구를 들러리로 쓰고 버리는 작품이 엄청 싫어. '어릴 적부터 함께 있었던 탓에 연애 대상으로 볼 수 없어'라며 주인공이 말하는 내용 말이야. 그런 전개는 누구에게 수요가 있는 거야? 작가는 소꿉친구가 부모의 원수라도 돼? 자신의 빈약한 머리로 다음 전개가 떠오르지 않는다며 안이하게 우울한 묘사를 넣는 작가는 법적으로 처벌받아야 해. 둘 다 그렇게 생각하지?"

그렇게 생각 안 하거든요.

그보다 미즈키가 화제를 돌리려고 했잖냐.

억지로 끼어들어서 뚱딴지같은 소리 하지 마…….

미즈키는 "아하하……." 하고 쓴웃음을 지으며 아야노의 물음을 적당히 흘려넘겼다.

그러나 아야노는 그런 미즈키를 매섭게 쏘아보며 말했다.

"응? 그 웃음은 뭐야? 무슨 의미야?"

얘 안 되겠다…….

절대로 대답을 들을 생각이야…….

당황한 미즈키 대신 내가 끼어들며 대답했다.

"그, 그만하고. 그 이야기는 알았으니까 그보다도——."

"알긴 뭘 알아."

끈질기긴!

"그, 그보다도 미즈키, 방금 무슨 말 하려고 하지 않았어?"

아직 납득하지 못한 표정인 아야노를 무시하고 억지로 미즈키에게 이야기를 돌리자 미즈키도 보란 듯이 손뼉을 치며 편승했다.

"아, 응! 그게, 아까 '천녀의 중매' 이야기를 했잖아? 그 천녀님을 매해 여름이 되면 기리는 풍습이 있는데 노점도 많이 나오고 불꽃놀이도 성대하게 하는 축제가 열리나 봐! 괜찮으면 같이 가자!"

"그래? 그거 괜찮겠네!"

그때까지 자신의 소꿉친구에 대한 뜨거운 마음이 무시되어 심통이 났던 아야노가 "……불꽃놀이?" 하고 관심 있다는 듯이 되물었다.

"그러고 보니 아야노는 옛날부터 불꽃놀이 같은 거 좋아했었지? 어쩔래? 같이 갈 거지?"

역시 관심이 있었는지 아야노가 갑자기 부산스럽게 시선을 움직였다.

"《코, 코우와 불꽃놀이! 이건 갈 수밖에 없지! 그치만 사이온지 군도 같이 가나……. 이왕이면 코우와 단둘이 가고 싶었는데…….》"

이야기를 꺼낸 사람을 따돌리려고 하지 말렴…….

아야노가 손가락으로 머리카락을 돌돌 감았다.

"그, 글쎄? 같이 가도 상관은 없는데?《므흐흐. 무슨 유카타를 입고 갈까~?》"

기뻐 보이니 다행이네…….

아야노의 기분이 풀린 것에 안도하고 있으니 갑자기 미즈키가 말을 덧붙였다.

"그러고 보니 아까 이야기에서 나왔던 '네코후시미 다리'는 지금도 있는 모양이라 축제 날에 그 다리 위에서 고백하면 반드시 성공한다는 이야기도 있대!"

"그래? 그런 이야기가 있었구나. ……그래서 네코후시미 다리가 어디 있는데?"

"하천 부지 부근에 큰 다리가 있지? 그거래."

"아~ 큰 다리가 있긴 했지."

……응?

그 이야기를 들은 순간, 아야노의 눈이 번뜩이는 걸 놓치지 않았다.

"《고백하면 반드시 성공한다고?! 그그그그, 그래선 신이 나보고 코우에게 고백하라고 하는 거나 다름없잖아!》"

이야기를 잘 좀 들어라. 신은 그런 말 안 했다고.

아마 지금쯤 낮잠이라도 자고 있을걸.

지금까지의 나였다면 방금 아야노의 속마음을 듣고 바로 동요해서 허둥댔겠지.

그러나 그것도 이미 과거의 일이었다.

사람이란 학습하는 동물이거든.

나는 굳건한 마음으로 두 사람에게 말했다.

"아, 맞다. 유나도 한가해 보이니까 데려가도 될까?"

미즈키가 고개를 끄덕였다.

"응! 물론 괜찮지! 사람은 많은 편이 재미있으니까!"

우리의 대화를 들은 아야노가 어깨를 시무룩하게 늘어트렸다.

"《아……. 유나도 오는구나……. 그럼 유나를 내버려 두고 코우와 단둘이 있을 수는 없겠네……. 사이온지 군만이라면 따돌리는 건 쉬우리라 생각했는데…….》"

미즈키를 쉽게 따돌리려 하지 마라. 내 유일한 절친이라고.

아니, 뭐, 시도 때도 없이 가슴을 드러내려고 하는 애이기는 한데…….

뭐가 되었든 내 작전은 어렵지 않게 성공했다.

언제나 미즈키를 업신여기는 아야노였지만 유나에게는 언니라도 된 것처럼 잘 대해줬다.

그래서 당일에도 유나만 데려가면 아야노가 유나를 혼자 둘리가 없었다.

후후후. 내 여동생이지만 참 편리한 녀석이란 말이지.

그렇지만 계속 유나 타령을 하면 시스콘 취급을 받을지도 모르니 이 수법은 그다지 남발하지는 못할 것 같았다.

계획이 무산되어 작게 한숨을 내쉰 아야노는 태도를 바꾸어 나른한 목소리로 물었다.

"그래서? 그 여름 축제는 언제 하는데?"

아야노가 관심 있어 보이는 게 기쁜지 미즈키가 웃는 얼굴로 대답했다.

"여름 방학 마지막 날이야!"

"어머. 그럼 아직 멀었네."

"그렇지? 그때까지 계속 못 보는 것도 쓸쓸하니까 다른 예정도 지금 정해두자!"

아야노의 입꼬리가 씨익 올라간 것을 나는 놓치지 않았다.

"하, 할 수 없지! 그렇게까지 말한다면 나도 같이 가줄게! 일단 여름이니 적당히 바다가 괜찮지 않을까? 《이번 여름에는 코우의 수영복 사진을 찍어둘 예정도 있었고!》"

응? 처음 듣는 예정이다만?

그런데 아야노의 제안에 미즈키는 침을 꿀꺽 삼켰다.

"《크, 큰일이야……. 바다 같은 데를 가면 수영복을 입어야 하는데……. 수영복까지 입어버리면 내가 여자라는 걸 들킬 거야! ……하는 수 없지. 수영 못 한다는 핑계로 사양할까…….》"

미즈키는 시무룩하게 어깨를 늘어트리다가 나와 아야노를 번갈아 보고 그 순간 고개를 내저었다.

"《그, 그치만 유메미가사키 양과 코우타가 단둘이 바다에 가버리잖아! 만약 거기서 유메미가사키 양과 코우타의 사이가 깊어지기라도 하면…… 그건…… 그건 싫어! 내, 내가 코우타와 사귈 가능성이 없다는 건 알지만…… 그래도 아직은 좀 더 같이 있고 싶은걸! 여기서는 어떻게든 해서 바다 말고 다른 곳으로 바꿔야 해!"》

　으음……. 스토커 사건 이후로 미즈키가 나를 묘하게 의식하는데…….

　물론 미즈키는 무진장 귀여우니 내심 미칠 듯이 기쁘지만…….

　나는 고백 받으면 죽는 체질이니까 말이지…….

　주의사항 첫 번째, 「사용자는 사랑 고백을 받으면 죽는다」.

　주의사항 두 번째, 「이 능력은 현재 다니고 있는 학교를 졸업할 때까지 사라지지 않는다. 중퇴 및 전학 시 죽는다」.

　주의사항 세 번째, 「이 능력이 관계없는 인간에게 알려지면 죽는다」.

　주의사항 네 번째, 「사용자에 대한 이성의 호감도가 급격히 저하되어 부정적인 감정이 비대화 되면 그에 비례해서 속마음의 음량이 커지며 사용자에게 두통이 발생한다. 악화되면 죽는다」.

주의사항 다섯 번째, 『사랑의 고백을 받기 약 10초 전부터 카운트다운이 시작된다』.

역시 마냥 기뻐할 수는 없다고…….

미즈키가 상체를 불쑥 내밀었다.

"여름이라면 담력 테스트지! 담력 테스트!"

"잘 다녀와, 사이온지 군. 혼자서 즐겨."

"같이 가야지, 유메미가사키 양! 지금 그런 이야기 하고 있지 않았어?!"

"농담이야."

"유메미가사키 양이 말하면 농담으로 안 들린단 말이야……."

아야노가 제안한 바다인가, 아니면 미즈키가 제안한 담력 테스트인가…….

담력 테스트라면 근방의 폐허 같은 데를 가게 되는 건가?

유령 같은 게 나올 리가 없으니 가서 별일 없이 바로 돌아가게 될 것 같은데…….

그렇다면 수영복을 입어서 노출이 늘어나 이성의 시선을 의식할 수밖에 없는 바다보다도 담력 테스트를 하러 가는 편이 나에게는 안전했다.

바다에 가게 된다면 남장을 한 미즈키는 오지 않을 가능성도 있고…….

아야노와 단둘이 바다에 간다니 완전히 데이트잖아…….

그것만큼은 어떻게든 피해야 하는데…….

"나도 둘 중에선 담력 테스트가——."

"코우타는 조용히 해!"

불쑥 일갈한 아야노의 목소리에 나는 "옙……." 하고 입을 다물고 말았다.

그렇게까지 바다에 가고 싶은 거냐…….

아야노는 파르르 떨리는 주먹을 미즈키에게 내보였다.

"가위바위보야! 정정당당하게 가위바위보로 승부를 내자! 《반드시 수영복 입은 코우를 볼 거야! 반드시 수영복 입은 코우를 볼 거야!》"

와! 요새 여고생은 짐승 같구나!

아야노의 압력에 굴하지 않고 벌떡 일어선 미즈키가 마찬가지로 주먹을 내밀었다.

"조, 좋아! 단, 내가 이기면 담력 테스트를 하러 가는 거지?!"

"그래. 두말 안 할게."

"그럼 간다……. 안 내면 진다!"

"가위바위——."

팟, 하고 내민 두 사람의 손.

아야노는 주먹. 미즈키는 가위.

그 결과, 바다로 결정되었다.

아야노는 함박웃음을 지으며 "좋았어!" 하고 힘차게 파이팅 포즈를 취했다.

"《아싸아아아아아아아아아! 이걸로 수영복 입은 코우를 마음대로 볼 수 있어! 만져도 되나?! 살짝 만지는 건 괜찮나?!》"

안 괜찮습니다만…….

큭……. 아야노의 박력에 져서 입을 다문 탓에 미처 가위바위
보에 개입하지 못했다…….

미즈키는 내민 가위로 처량하게 가위질하듯 까딱이며 깊은 한
숨을 내쉬었다.

"하아……. 바다라……. 나는 어차피 수영도 못 하니까…….
《유메미가사키 양과 코우타가 단둘이 있는 건 싫지만 내가 여
자라는 걸 들킬 수는 없으니까 이번에는 단념할 수밖에 없겠
지…….》"

이런?! 이대로는 아야노와 단둘이 데이트를 하게 된다고!

그것만큼은 피해야 해!

유나뿐인가? 유나를 데려가야 하나?

아니, 그건 안 돼! 축제에 이어서 바다에도 유나를 데려간다고
하면 시스콘의 낙인이 찍혀 버릴 거야!

여기서는 어떻게든 미즈키도 참여시켜야 해!

당장에라도 사라질 듯이 낙심한 미즈키의 어깨를 손으로 짚었
다.

"뭐, 뭐 어때, 미즈키! 바다에서 꼭 수영만 하라는 법은 없잖
아."

"응……?"

"모래사장에서 터널을 만들거나!"

"터널……."

"조개껍데기를 줍거나!"

"조개껍데기……."

"비치발리볼을 하거나!"

"비치발리볼……."

아, 안 돼! 하나같이 별로 안 내키나 봐!

좀 더 미즈키의 관심을 끌 뭔가 없나…….

생각해 내자! 나는 미즈키의 친구잖아! 얘가 좋아하는 건 대체로 알 거 아냐!

"그, 그밖에는…… 그……."

하나 생각났다.

생각은 났는데…….

"……그…… 뭐냐……."

얘가…… 좋아하는 건…….

뇌리에 스친 미즈키가 좋아하는 것을 입에 담기 꺼려졌지만 아야노와의 데이트를 피하기 위해 나는 각오를 굳히며 그걸 입 밖에 냈다.

"내……가…… 미즈키가 없으면 쓸쓸하다고……."

작게 중얼거린 뒤에 조심스럽게 미즈키의 안색을 살펴보니 그때까지 어두웠던 표정에서 일변해 화색을 띤 눈으로 이쪽을 바라보고 있었다.

"코우타, 내가 없으면 쓸쓸해?"

"어? 아니, 뭐…… 그렇지."

미즈키가 장난스럽게 히죽 웃었다.

"그래? 그렇구나! 코우타는 내가 없으면 쓸쓸하구나! 그렇구나~?"

"그, 그 반응은 뭔데……. 문제 있냐……."

"에헤헤. 아니~! 외로움 많은 코우타를 위해서 나도 같이 바다에 가줄게! 배구공 가져가면 되지?!"

"그, 그래……."

부, 부끄럽다…….

미즈키가 좋아하는 '나'를 나 자신이 이용하게 되다니…….

이런……. 지금 분명 얼굴이 새빨갈 거야…….

미즈키가 보지 않게 고개를 돌려—— 응?

고개를 옆으로 돌렸다가 사람이라도 죽이고 온 것처럼 싸늘한 표정의 아야노와 눈이 마주쳤다.

호러냐고.

전율을 느끼고 경직되어 있으니 아야노의 속마음이 차례차례 들려왔다.

"《모처럼 코우와 단둘이 데이트하는 흐름이었는데……. 코우는 왜 그런 괜한 말을 하는 거지? 아니, 그보다 뭐야? 사이온지 군이 없으면 쓸쓸하다고? 나랑 둘만 있으면 쓸쓸해? 응? **그런 거 아니지, 코우야?**》"

점점 커진 아야노의 속마음은 이윽고 욱신거리는 통증과 함께 내 머릿속에 울렸다.

윽?! 이, 이런?! 아야노의 호감도를 급격히 떨어트린 탓에 두통이!

어떻게든 얼버무려야 해!

"그, 그나저나 아야노와 바다에 가는 거 정말 오랜만이지 않아?! 전에 초등학생 시절에 갔을 때는 아야노랑 같이 물고기도 잡았었는데! 재미있지 않았어?!"

"《나랑 놀았을 때의 일을 전부 기억하고 있구나! 기뻐! 너무 좋아!》"

얘도 참 쉽네.

사기당하지는 말아라…….

눈에 띄게 기분이 풀린 아야노는 부끄러운 표정을 숨기듯이 고개를 돌렸다.

"흐, 흥, 그런 옛날 일은 생각 안 나거든. 《지금 생각해보면 코우는 그때부터 근사했어! 므흐흐. 오늘 밤에는 그날 일을 하나하나 떠올리며 잠들어야지!》"

양을 세는 것처럼 나와의 추억을 끄집어내지 마!

뭐, 어찌 되었든 학교는 여름 방학에 들어갔고 우리는 셋이서 바다에 가게 되었다.

"——그렇게 바다에 가게 되었어요."

카구라네코 신사. 신사의 툇마루에 드러누워서 볕을 쬐고 있던 네코히메 님은 배를 드러낸 채 귀를 후볐다.

"너는 또 그렇게 귀찮은 예정을 만들었구나. 어째서 가만히 있지를 못하는 게냐."

"그치만 놀고 싶었다고요……."

"네가 애냐!"

"진정하시고. 지금까지도 잘 넘겨왔으니 괜찮다니까요!"

"이놈이…… 지금 상황에 익숙해져서 위기감이 흐려졌구나……. 하아……. 뭐, 됐다. 누구에게도 휴식은 필요하니까. 거기에 바다라 하면 해산물이 많이 잡히니 말이다. 므흐흐……. 전갱이에 돌돔, 오징어! 전부 여름이 제철이란다! 살이 올라서 기가 막히게 맛이 있지!"

"사 오라는 거죠……?"

"당연하지 않으냐! 그게 아니면 바다에 뭣 하러 가는 게냐!"

"놀러 간다니까요……."

"물놀이가 뭔 재미냐! 털이 젖으면 얼마나 기분 나쁜지 아느냐!"

"어? 네코히메 님 설마 목욕도 안 하세요……? 으아……."

"머, 멍텅구리야! 신은 목욕 안 해도 깔끔한 걸 모르느냐! 그 증거로 나는 냄새가 하나도 안 나지 않으냐! 그러니 그런 표정 짓지 말아라! …………냄새, 안 나지?"

그래도 신경은 쓰이나…….

"괜찮겠죠…… 아마."

"아마?!"

"아니, 그치만 네코히메 님의 체취 같은 건 잘 모른다고요!"

"맡아라! 냄새 맡고 확인해보거라!"

"확인해보라고 하셔도—— 읍?!"

그때까지 툇마루에서 드러누워 있던 네코히메 님이 느닷없이 일어나더니 내 머리를 끌어안고 자신의 가슴에 가져다 눌렀다.

"어, 어떠냐! 냄새가 나느냐?! 나고 있느냐?!"

"으윽?! 아, 안 나요! 평범해요!"

"평범하다고?! 나는 신이다! 좋은 향기가 난다고 하지 못하겠느냐!"

"조, 좋은 향기가 납니다……."

"진짜겠지?!"

댁이 방금 시켰잖수…….

나는 네코히메 님을 밀어내며 재차 끌어안기 전에 한 걸음 물러났다.

"거참. 정말로 냄새는 안 난다니까요."

"으음……. 그랬다면 됐다만……."

네코히메 님은 아직도 자신의 체취가 신경 쓰이는지 킁킁거리며 자신의 머리카락을 코에 가져다 대었다.

누가 냄새를 맡는 것도 아닌데 뭘 그렇게 신경 쓰는 건지…….

신이란 역시 별나다니까…….

그런 생각을 하고 있다가 불현듯 미즈키에게 들었던 '천녀의 중매' 이야기가 떠올랐다.

"아, 맞다. 네코히메 님."

"무어냐?! 역시 냄새가 나는 게냐?!"

"아니, 그거 말고요……. 신이 있으니까 역시 천녀 님도 있는 건가요?"

"천녀? 그게 무어냐."

"천녀란 건…… 어라? 뭐더라? 들은 이야기로는 이 근방에 전해지는 옛날이야기로, 다양한 전승이 남아 있다던데요."

"흐음……. 나도 여기서 오래 살았지만 그런 사를 본 적은 없구나."

"이야기에서는 하늘을 두둥실 날아다니며……."

"흠."

"불꽃처럼 새빨간 머리카락에……."

"흐음."

"광채의 띠를…… 두르고…… 짐승 귀와 꼬리가 난……."

어라? 이상하네…….

눈앞에 그런 특징을 가진 녀석이 있는 것 같은데?

"이, 있잖아요. 네코히메 님은 하늘을…… 날지는 못하시죠? 아하하."

"아하하! 나도 하늘은 날지 못한다! 땅을 박차고 뛰어올라서 장시간 떠 있을 수는 있지만!"

…………

"그, 그럼 언제나 두르고 계신 깃옷이 빛나지는 않죠?"

"오! 뭐냐, 어떻게 알았느냐! 봐라! 이건 언제 어느 때라도 불을 켤 수 있다!"

팟, 하고 흐리멍덩한 빛을 발하는 깃옷을 보고 나도 모르게 소리치고 말았다.

"댁이 천녀였냐고!"

네코히메 님이 흠칫하며 털을 곤두세웠다.

"무, 무어냐, 느닷없이 소리를 치고! 깜짝 놀라지 않았느냐!"

"그야 소리치죠! 천녀란 게 어딜 보아도 네코히메 님이잖아요!"

"으잉? 내가 천녀라고? 무슨 소리를 하는 게냐?"

"……네코히메 님, 혹시 옛날에는 이 신사 밖으로도 나갈 수 있지 않았어요?"

"당연하지 않으냐! 나는 신이다! 이 지역 일대에서 마음 내키는 대로 살았다! ……하지만 온 마을의 생선을 먹으며 유유자적하게 지내고 있었더니 다른 신에게 들켜서 말이다……. 별로 한동안 이 신사에서 나가지 못하게 되었구나……."

그 시절부터 식탐이 많았던 건가…….

"저기…… 그럼 네코히메 님은 왜 다리 위에서 고백한 남녀 사이에 끼어들어서 '방해하지 말거라' 하고 말씀하신 건가요?"

"응……? 잘 기억이 안 나는구나……."

"'네코후시미 다리'라는 하천 부지 부근의 큰 다리 위에서 말씀하셨다던데……."

고개를 갸웃거리는 네코히메 님 곁으로 뱌쿠야가 야옹, 하고 귀여운 울음소리를 내며 다가가더니 뭔가를 속닥였다.

그걸 들은 네코히메 님은 "아~ 그때 말이로구나!" 하고 생각났다는 것처럼 손뼉을 쳤다.

"그건 말이다. 생선을 훔쳐 먹은 걸 들켜서 다른 신에게 쫓기고 있을 때 길을 막고 방해하길래 한 소리 했을 뿐이다! 추억이구나! 그때는 나도 젊었었지! 아하하!"

이, 이 녀석 때문에 '천녀의 중매'라는 옛날이야기가 지금까지도 전해져오고 천녀를 위해 매년 축제까지 개최되며 그날 다리 위에서 고백하면 반드시 성공한다는 이야기가 나도는 건가…….

쓸데없이 고백 명당을 만들지 말라고!

내 심정도 모르고 네코히메 님은 즐겁다는 듯이 떠들었다.

"뭐, 잘해보거라!"

끄으응.

◇ ◇ ◇

눈부시게 내리쬐는 태양 빛. 끝없이 펼쳐진 푸른 바다. 늘어선 노점에서 풍겨오는 야키소바의 향긋한 냄새.

여름 방학이 시작되고 벌써 일주일이 지났다. 나, 아야노, 미즈키는 전철을 한 시간 정도 갈아타서 해수욕객들로 북적이는 바다에 와 있었다.

"좋아! 그럼 수영복부터 입을까!"

뒤에 있는 두 사람을 돌아보니 미즈키는 허둥지둥 자신의 가방을 끌어안더니.

"나, 나는 화장실에서 갈아입고 올게. 《수영복 위에 파카를 입으면 안 들키겠지……?》"

그렇게 빠른 걸음으로 가버렸다.

내가 데려와 놓고 말하기 뭐하지만 쟤도 힘들겠네…….

기다란 검은 머리칼을 바람에 나부끼며 눈을 가늘게 좁힌 아야노가 매점으로 시선을 보냈다.

"왜일까…… 바다에 오면 엄청 야키소바가 먹고 싶어져……."

"그런 건 우선 물놀이부터 하다가 먹자……."

당장에라도 침을 흘릴듯한 아야노를 탈의실에 밀어 넣고 나도 남성용 쪽에 들어가 수영복으로 갈아입었다.

탈의실에서 나오기는 했지만 아직 두 사람 모두 돌아오지 않았기에 매점에 가서 파라솔을 빌려온 뒤 그늘 밑에 쭈그리고 앉아 혼자 바다를 바라보고 있었다.

하아……. 이럴 때 이대로 혼자만 남지 않을까 걱정이 드는 건 나만 그런 게 아니겠지?

그대로 잠시 기다리고 있으니 등 뒤에서 사박거리며 모래를 밟는 소리와 함께 나를 부르는 목소리가 들려왔다.

"오, 오래 기다렸지? 코우타."

"아야노, 이제야 왔……어……."

고개를 돌려 아야노의 모습을 보았다.

흑백 줄무늬 문양의 수영복. 어깨끈과 하의에는 귀여운 프릴이 달려 있어서 언뜻 보기에는 어려 보이는 인상을 받지만 커다란 가슴이 만들어내는 가슴골은 그런 인상을 가릴 정도여서 역시 다 컸다는 생각밖에 들지 않았다.

아야노는 부끄러운 듯이 뺨을 물들이고 있었지만 그 모습은 평소에 자주 보는 나도 넋 놓고 볼 정도였다.

주위에 있는 해수욕객들도 남녀를 불문하고 아야노를 주목하고 있었다.

"뭐, 뭐야. 무슨 말 좀 해……."

아야노의 그런 말에 퍼뜩 정신을 차렸다.

"아, 그……. 어…… 어울리네……."

"그, 그래? 그럼 다행인데……. 《으하! 코우의 수영복 차림이야! 반드시 사진 찍어야지!》"

무단 사진 촬영은 삼가 주십시오.

……그나저나 아야노 역시 가슴 크네!

저 가슴골! 내가 저걸 만진 적이 있다고? 대단하지 않나? 다음에 인터넷에서 자랑하고 조리돌림당해야지!

여차, 하고 옆자리에 앉은 아야노가 눈총을 주며 나에게 말했다.

"잠깐, 코우타…… 그………… 너무 가슴만 보잖아."

"어?! 아! 미, 미안! 나도 모르게 그만!"

"코우타도 참……. 《코우가 내 가슴을 뚫어지게 봤어! 나를 여자로 의식하고 있다는 증거지?! 꺄아! 오늘 밤에 나에게 무슨 일이!》"

집에 돌아가서 혼자 잠들겠지.

아……. 얼굴이 뜨거워지는데……. 나도 모르게 아야노의 가슴을 빤히 보고 말았어…….

조심 좀 해야지……. 방심하면 당장에라도 시선이 가슴에 빨려들어 갈 것 같다…….

"그나저나 사이온지 군은? 아직 안 왔어? 근데 왜 굳이 화장실로 갈아입으러 간 거야? 탈의실은?"

"아…… 걔는 옛날부터 부끄럼이 많았거든. 체육 시간에도 다른 애들이랑 같이 옷 안 갈아입어. 남이 맨살을 보는 게 부끄럽다던데. 그러니 아야노도 억지로 보려고 하지는 말아줘."

"아하, 그렇구나. 알았어. 《애초에 코우의 맨살 말고는 관심도 없고.》"

그건 그것대로 문제거든.

그렇지만 이걸로 미즈키가 온종일 파카를 걸치고 있어도 아야노가 그걸 벗기려고 들지는 않겠지.

내가 생각해도 나이스 어시스트였다.

"오, 오래 기다렸지……."

그때 어딘가 소심하게 느껴지는 미즈키의 목소리가 들려와서 그쪽을 보니 낙낙한 남성용 반바지 수영복을 입고 상체에는 푸른색 파카를 걸친 미즈키가 있었다.

하지만 어째서인지 파카 앞에 달린 지퍼를 전부 내려서 배에서 가슴까지의 피부가 완전히 노출되어 있었다.

그건 남자의 수영복 차림으로는 평범했지만 여성이 그러고 있다면 이야기는 달라진다.

왜냐하면 지금 미즈키의 가슴을 가리고 있는 건 지퍼를 내린 파카뿐이었으니까.

조금이라도 바람이 불어서 파카가 휘날리기라도 하면 보여서는 안 될 부분이 간단하게 드러나게 될 것이다.

미, 미즈키?! 지퍼는 왜 안 올린 건데?!

미즈키는 창피한 듯이 얼굴을 새빨갛게 물들이고 양손의 손가락을 꼼지락거리며 허벅지를 오므려댔다.

"저기……. 하하……. 파, 파카의 지퍼가 망가져서 안 잠기지 뭐야~. 깜짝 놀랐어. 《으아아…… 여, 역시 이런 차림으로 밖을 돌아다니는 건 창피한데! 허전해! 가슴 쪽이 허전해!》"

지퍼가 망가졌구나…….

그래서 가슴을 노출하고 말았구나…….

그렇구나…….

…………. .

또 그러기냐?! 내 어시스트를 바로 내치지 말라고!

넌 왜 맨날 가슴을 드러내는 거냐고! 수습해야 하는 내 입장이 되어보라고!

그렇게 마음속으로 소리치고 있으니 옆에 앉아 있던 아야노가 일어서서 잽싸게 미즈키의 파카를 집어 들었다.

그 갑작스러운 행동에 미즈키가 허둥댔다.

"자, 잠깐, 유메미가사키 양?! 뭐 하는 거야?!"

"뭐 하냐니, 지퍼 고쳐주려고 하잖아. 그러니 너무 움직이지 마."

절그럭거리는 소리를 내며 진지하게 지퍼를 매만지는 아야노.

그렇지만 아야노가 그렇게 파카를 들어 올릴 때마다 옷자락이 들춰지며 미즈키의 가슴이 완전히 내 시야에 들어왔다.

하지만 그런 상황에서도 나는 최대한 평정한 척 가장하고 있을 수밖에 없었다. 여기서 내가 이상하게 반응하면 미즈키가 여자라는 사실을 알고 있다는 걸 들키게 된다.

미즈키는 미즈키대로 자신이 여자라는 걸 숨기기 위해 아무리 가슴이 노출되어도 석상처럼 굳은 채 다른 행동은 하지 못했다. "《보, 보고 있어! 지금 분명히 코우타가 내 은밀한 곳을 보고 있을 거야!》"

어, 어쩔 수 없잖아! 나도 보고 싶어서 보는 게 아니라고!

그래도 뭔가 미안하네요!

마음속으로 미즈키에게 사과하는데 다행스럽게도 시종일관 파카의 지퍼에 집중하고 있던 아야노는 미즈키의 묘하게 부풀어 있는 가슴을 깨닫지 못했다.

"안 되겠네. 완전히 망가졌어."

"아, 아하하…… 그렇구나……."

이제 와서는 홍당무처럼 얼굴이 붉어진 미즈키는 배시시 웃으며 머리를 긁었다.

　불쌍하게도⋯⋯. 끌고 와서 미안해⋯⋯.

　아야노가 포기하고 지퍼에서 손을 떼자 미즈키는 냉큼 양손으로 파카를 정돈하며 최대한 맨살을 노출하지 않도록 노력했다.

　"《앞섶이 벌어지지 않게 계속 누르고 있고 싶지만 그러면 부자연스러우니까⋯⋯. 되도록 천천히 움직여서 주위에 가슴이 보이지 않게 할 수밖에 없어⋯⋯. 기, 긴장으로 계속 가슴이 뛰어⋯⋯.》"

　쟤 괜찮은 건가?

　진짜로 가슴을 드러내는 게 버릇이 된 건⋯⋯.

　미즈키는 되도록 자연스러운 척 행동했다.

　"어⋯⋯. 그, 그럼 두 사람은 바다에서 놀다 와. 나는 파라솔 밑에 있을 테니까."

　"무슨 말이야, 사이온지 군. 혼자만 농땡이 피울 셈?"

　"농땡이? 뭘?"

　"뭐냐니⋯⋯. 바다에 오면 보통은 찾아보잖아, 해삼."

　안 찾아보거든?

　"해삼은 얕은 곳에 있으니까 수영을 못 하는 사이온지 군도 문제없을 거야. 도와줘. 둘보다 셋인 편이 빨리 찾을 수 있을 거 아냐."

　어? 내가 이미 포함되어 있는뎁쇼?

　"으, 으⋯⋯. 그, 그치만 난⋯⋯.《너, 너무 가까이에 있으면 또 가슴이 보일지도 모르는데⋯⋯.》"

"아니면 뭔가 다른 이유가 있어서 바다에 들어가지 못하는 거야?"

"뭐?! 아, 아니야! 전혀 그런 거 아니거든?! 와~ 해삼 찾기 재밌겠다~!"

"그래? 그럼 부탁할게.《틀림없이 물고기를 무서워해서 저런다고 생각했는데 내 착각이었나 보네. 재미없게…….》"

너 만약 미즈키가 물고기를 무서워했다면 삶아서 가져올 생각이었냐…….

초등학생 때 엄청나게 큰 거미를 들고 날 쫓아다녔던 걸 아직도 잊지 않았거든.

"그건 그렇고 아야노, 해삼 같은 걸 좋아했어?"

"딱히? 살아있는 걸 본 적이 없어서 보고 싶은 것뿐이야."

그래놓고 바다에 오면 보통은 해삼을 찾아본다는 소리가 나오는구나.

밀려드는 파도 쪽으로 걸어가자 뒤꿈치의 모래가 파도의 움직임에 맞춰서 쓸려가는 게 묘하게 근질근질했다.

옆에 있던 아야노는 "아하하!" 하고 즐거운 듯이 웃으며 폴짝 다리를 들었다.

"생각보다 간지러워! 바다는 오랜만이어서 잊고 있었어!"

"나도 오랜만에 온 건데 역시 바다에 들어가는 순간은 설레는 게 있는걸."

"《아! 맞다! 넘어진 척하며 코우에게 안길 수 있을지도 몰라!》"

느닷없이 엉큼한 생각하는 건 그만둬라.

"《좋아, 그럼 잘 노려서⋯⋯. 지금이야!》"

밀려드는 파도 위에 타는 것처럼 크게 한 발짝 내디딘 아야노가 균형을 잃은 척하며 내 쪽으로 달려들었다.

어설프긴!

이쪽으로 달려드는 아야노를 사뿐히 피하자 아야노는 그대로 얼굴부터 물속에 풍덩 빠지고 말았다.

"괘, 괜찮아, 아야노?"

조심스럽게 물어보자 흠뻑 젖은 채 머리 위에 해초를 얹은 아야노가 천천히 일어서며 엉거주춤한 자세로 이쪽을 쏘아보았다.

"《안 되지, 안 돼⋯⋯. 나도 참 방심했어⋯⋯. 제대로 노리고 달려들지 않으면 코우에게 안길 수 없는데 말이야⋯⋯. 다음번에야말로 절대로 놓치지 않을 거야!》"

와! 전혀 포기 안 했어!

도리어 승부욕이 생긴 것 같은데?!

귀찮아 죽겠네⋯⋯.

카바디를 하는 것처럼 슬금슬금 거리를 좁혀오는 아야노.

어째야 하나 고민하고 있다가 "앗 차가!" 하고 깍깍거리며 파도를 차고 있는 미즈키를 발견했다.

좋아. 미즈키를 이용하자.

천진난만하게 바다를 즐기고 있는 미즈키의 어깨를 붙잡아 그대로 "에잇." 하고 아야노 쪽으로 밀치자 둘이 서로 엉키며 그대로 물속으로 모습을 감췄다.

곧 푸하, 하고 고개를 내민 두 사람은 홀딱 젖어서는 언짢은 표정으로 눈살을 찌푸렸다.

"아니, 코우타! 무슨 짓이야! 파카까지 다 젖었잖아……."

"으으……《이왕이면 코우와 함께 구르고 싶었는데…….》"

"아하하. 미안미안. 장난이야."

이걸로 아야노도 조금은 머리를 식혔겠지. 미즈키에게는 미안하지만 나중에 야키소바라도 사주면 문제는 없을 것이다.

차암, 하고 투덜대는 두 사람에게 손을 내밀어 일으켜주려다가 물에 젖은 두 사람의 모습이 평소와는 다르게 어딘가 요염한 분위기여서 순간적으로 두근거리고 말았다.

움직임이 멈춰버린 나에게 미즈키가 물었다.

"코우타? 왜 그래?"

갸우뚱.

귀여워(확신).

반사적으로 아야노 쪽으로 시선을 옮겼는데 물을 먹고 가슴에 착 달라붙은 수영복이 눈에 들어와서 시선 둘 곳이 없어졌다.

이상한데. 아야노도 미즈키도 평소에 자주 보는 애들인데 수영복을 입고 있는 것만으로 이렇게까지 인상이 달라지는 건가…….

에로함과 귀여움이 동시에 존재하다니, 여기가 낙원인가?

고개를 내저어서 엉큼한 생각을 털어내며 다시 두 사람의 손을 잡고 일어나는 걸 도와주려고 했는데 아야노와 미즈키가 서로 얼굴을 마주 보는가 싶더니 다음 순간에 "하나 둘!" 하고 뒤로 몸을 눕혀서 나까지 물속으로 끌려 들어가고 말았다.

순간적으로 몸을 지탱하려고 양손을 앞으로 내밀었다가 대량의 바닷물에 시야가 가려졌다.

바닥에 손을 짚고 일어서려고 했지만 왼쪽 손바닥에 말캉하고 부드러운 감촉이 느껴졌다.

뭐지, 이 부드러운 물체는……?

……아니, 잠깐만!

나 이거 알아! 서로 얽히며 쓰러진 남녀! 남자의 손바닥에는 생소하고 부드러운 감촉! 그리고 손가락에 힘을 주면 적절하게 돌아오는 이 반탄력!

트, 틀림없어! 이건 가슴──.

그렇게 생각하며 물속에서 고개를 내밀어 눈을 번쩍 떠보니 내 왼손에는 말랑말랑한 탄력이 있는 해삼이 쥐어져 있었다.

…………

내가 쥐고 있는 해삼을 깨달은 아야노가 흥미롭다는 듯이 다가왔다.

"아! 해삼 찾았네?! 나도 만질래──."

나는 아야노에게 해삼을 건네지 않고 그대로 온 힘을 다해 바다 깊은 곳으로 냅다 던졌다.

내 기대를 배신한 원한을 담아서.

"어?! 왜 던지는 거야!"

"다 저게 나빠. 남자의 순정을 가지고 놀기나 하고…….."

"무슨 일이길래?! 그 한순간에 해삼에게 무슨 짓을 당했길래 그래?!"

다음에 또 눈에 들어오면 초간장에 찍어서 먹어주마…….

이쪽 사정도 모르고 "해삼은 잘 날아가는구나." 하고 엉뚱한 감상을 늘어놓으며 일어서는 미즈키.

그런 미즈키를 향해 돌연히 아야노가 소리쳤다.

"사이온지 군! 위험해!"

"어?"

아야노가 소리친 이유를 모르고 멀뚱히 보고 있으니 아야노는 경악스럽게도 미즈키가 입고 있던 파카를 잽싸게 벗겨버렸다.

옷에 스며든 바닷물이 휘날리는 가운데, 상반신 나체가 된 미즈키의 눈이 휘둥그레졌다.

"어?! 어어어?!"

몸을 가리던 걸 빼앗긴 미즈키는 황급히 근처에 있던 내 팔을 당겨서 자신의 앞에 세우며 주위에 가슴이 보이지 않도록 가렸다.

가림막이 된 등 너머로 조금 전 해삼과는 비교가 되지 않을 정도로 부드러운 두 개의 물체가 몽실하게 부딪쳐 왔다.

"자, 잠깐, 미즈키?!"

"으아아! 가만히 좀 있어 봐!"

"아, 아니, 그치만……."

전부 닿았거든요?!

"돼, 됐으니까! 잠깐이면 되니까!"

지금까지 중에서 가장 당황한 미즈키.

그야 그렇겠지. 이곳은 사람이 많은 해수욕장이다. 우리 말고도 해수욕객이 잔뜩 있었다.

그런 곳에서 미즈키는 가슴을 드러낸 채 서 있는 거니 이런 상황에서 당황하지 않으면 그게 더 이상한 일이었다.

하지만 그렇더라도 찰싹 달라붙은 미즈키의 감촉에 나는 정신이 없었다.

희미하게 느껴지는 미즈키의 체온. 가느다란 손가락에 잡힌 팔. 하아하아, 하고 요염한 숨결이 목덜미에 와 닿았다.

뭐, 뭐냐고 이 야시시한 상황은…….

"《어떡해! 완전히 코우타에게 가슴을 가져다 대고 말았어! 그, 그치만 주위에는 사람도 많으니까 떨어지면 분명히 옆에서 보일 텐데……. 으으, 어쩌면 좋지?!》"

내 말이!

아, 아무튼 한시라도 빨리 아야노에게 미즈키의 파카를 돌려받아야 해!

"아, 아야노! 느닷없이 무슨 짓이야! 미즈키는 남이 맨살을 보는 걸 싫어한다고 했잖아!"

허둥대고 있는 나와 미즈키를 개의치 않고 아야노는 진지한 표정으로 파카를 불쑥 들어 올렸다.

"이거 봐 봐."

그렇게 말하며 내민 미즈키의 파카 후드에는 투명한 해파리

한 마리가 들어가 있었다.

"해파리……?"

"쏘이면 큰일이잖아."

아야노가 그렇게 말하며 후드를 뒤집자 해파리가 물속으로 낙하했다.

"자, 사이온지 군. 갑자기 벗겨서 미안해. 그래도 쏘이는 것보다는 낫지 않아?"

미즈키는 아직껏 내 등에 찰싹 달라붙은 채 슬그머니 손을 뻗어 무사히 파카를 건네받았다.

미즈키의 그런 모습을 보고 아야노의 눈이 한순간 어둡게 빛났다.

"그건 그렇고 두 사람 너무 붙어있지 않아?"

"힉?!"

아야노의 위압에 미즈키는 곧장 파카를 걸치며 나에게서 거리를 벌렸다.

"떠, 떨어졌어. 이, 이제 안 붙어있어."

말은 왜 더듬냐.

"흥. 뭐 좋아. 그보다도 해파리가 사라질 때까지 모래사장에서 시간을 보내자. 배도 고프고."

이렇게 우리는 어떻게든 무사히 바다에서 나올 수 있었다.

◇　◇　◇

"그럼 둘 다 야키소바면 돼?"

"응. 부탁할게."

"나도 같이 갈까?"

"괜찮아. 바로 돌아올 테니 기다리고 있어. 그럼 갔다 올게."

나는 그렇게 말을 남기고 혼자서 야키소바를 파는 매점으로 걸음을 옮겼다.

가는 길에 껄렁한 남학생들이 여자들에게 말을 걸며 옆을 지나쳤고 그 너머에서는 주정뱅이가 안전요원과 실랑이를 벌이고 있는 모습이 눈에 들어왔다.

이 해수욕장은 치안이 좋다고 인터넷에 적혀 있었는데 역시 사람이 많이 모이면 어느 정도 트러블은 발생하는 법이겠지…….

불현듯 두고 온 두 사람이 뇌리를 스쳤다.

걔네는 괜찮겠지……?

헌팅 당하지는 않았겠지…….

이쪽은 한 명이 반라니까. 미즈키가 여자란 걸 들키면 완전히 꼬시는 거라고 오해할 텐데…….

불길한 예감이 샘솟아서 빠른 걸음으로 매점을 향한 나는 조리해둔 야키소바를 3인분 사서 그대로 서둘러 두 사람 곁으로 향했다.

괜찮으리라 생각하지만 만에 하나란 것도 있으니까…….

아, 그런데……. 만약 두 사람이 정말로 헌팅을 당했더라도 그걸 내가 구하면 또 호감도가 오르지 않나……?

안전요원을 불러서 도움을 받을까?

그렇지만 그러는 사이에 미즈키가 여자란 걸 들키면 일이 커질 텐데…….

아무튼 지금은 두 사람이 안전하길 바라며 서두르는 수밖에——.

그렇게 야키소바 3인분을 들고 잰걸음으로 모래사장을 달리고 있을 때 갑자기 두 명의 인물이 앞을 막아서서 나는 황급히 걸음을 멈췄다.

"오빠~ 잠시만."

말을 걸어온 건 대학생 정도로 보이는 두 명의 여성으로, 둘 다 피부가 검게 탔고 파마한 머리카락이 금색으로 물들어 있었다.

입고 있는 수영복도 당장에라도 중요한 부분이 보일 것처럼 위험천만해서 왜 나를 불러세웠는지 도무지 짐작이 가지 않았다.

"어……. 오빠라니, 저요?"

"응! 오빠 말고 다른 사람 없잖아. 꺄하하!"

호쾌한 웃음소리……라기보다 좀 품위 없는 웃음소리였다.

이런 전시대적인 날라리와는 친분이 없는데…….

"왜, 왜요? 저 지금 좀 서두르고 있는데……."

"그러지 말고! 잠깐 정돈 괜찮잖아! 우리랑 놀자!"

"놀자고요?"

"응응! 뭐랄까, 우리 둘 다 생긴 건 이래도 수수한 사람이 타입이거든! 아무튼 그래서 있잖아! 까놓고 말하자면 오빠랑 한여름의 추억을 만들고 싶달까?"

………….

……응? 혹시 나 지금 역헌팅 당하고 있나?

게다가 이런 척 봐도 육식녀 같은 여자 둘에게?

"아, 그게요! 저 아직 고등학생이라서요! 그런 건 좀…….."

"뭐어~? 고등학생! 젊다~! 근데 우리도 아직 열아홉이니까 별 차이는 없네! 꺄하하!"

열아홉……. 열아홉이면 이런 위험천만한 수영복을 입을 수 있게 되는 건가…….

"저, 저기, 정말로 죄송한데 일행이 기다리고 있으니 보내주세요…….."

"튕기지 말고~! 일행보다 먼저—— 졸업하자!"

자, 잡아먹힐 거야!

정조의 위험을 느끼고 슬금슬금 거리를 벌리고 있으니 날라리들의 뒤에서 나타난 두 사람이 말을 걸어왔다.

"거기까지 해! 코우타는 우리 일행이야!"

"맞아맞아! 나도 할 때는 하거든! ……아마도."

팔짱을 끼고 날라리를 위압하는 아야노.

그 옆에는 뿔났다는 것처럼 양손을 번쩍 들고 화내고 있는 미즈키의 모습이 있었다.

두 날라리는 처음에는 "뭐? 너희 뭔데? 혹시 얘 일행이야?"

하고 아야노와 미즈키에게 덤벼들 기세였지만 날라리 한 명이 미즈키를 보자마자 다른 날라리에게 귓속말을 했다.

"자, 잠깐만! 쟤 봐! 장난 아니야! 완전히 가슴을 내놓았어!"

"……어? 말도 안 돼……. 쟤, 쟤 여자 아니야?"

"여자야, 여자! 그런데 가슴을 내놓고 있다니까! 파카만 걸쳤어! 파카 노출녀야!"

"으아……. 완전히 돌은 애잖아……."

"엮이지 않는 게 좋아! 빨리 가자!"

"그렇지?!"

그렇게 숙덕거리며 빠르게 대화를 끝낸 두 날라리는 미즈키에게서 도망치듯이 인파 속으로 달려갔다.

날라리 두 사람의 등이 사라질 때까지 눈엣가시처럼 쏘아보고 있던 아야노와 미즈키는 야키소바 3인분을 들고 쪼그라들어있는 내 쪽으로 다가와서는 생긋 웃어 보였다.

"코우타, 괜찮아? 또 야생의 날라리에게 둘러싸이면 날 불러. 구해줄 테니까."

"나도 최대한 도와줄게!"

으응?! 얘네 뭐지?! 무진장 멋있어 보이는데?!

심장이 콩닥거리며 뛰는 걸 고개를 내저으며 필사적으로 가라앉혔다.

안 되지, 안 돼. 내가 얘네에 대한 호감도를 올려서 어쩌자는 거냐.

그건 그렇고 미즈키가 여자란 걸 완전히 들켜버렸잖아.

들킨 데다가 야한 수영복 입은 날라리를 압도하는 변태녀로 인증되어 기겁해서 도망갔잖아.

아니, 그래도 저렇게 예쁘니까 들킬 상황에서는 그냥 들키려나.

어쩔 수 없는 일이지, 응.

그 뒤에도 이러니저러니 셋이서 즐겁게 바다를 만끽한 우리는 무사히 귀로에 올랐다.

돌아가는 전철 안.

석양에 물든 차내가 덜커덩덜커덩 흔들렸다.

바다에서 노느라 체력이 다했는지 미즈키는 조용히 새근거리고 있었다.

나도 꾸벅꾸벅 졸기 시작하다가 아야노가 이쪽을 힐끗힐끗 훔쳐보고 있는 걸 깨달았다.

"《여름 축제……. 현지 집합이 아니라 시간 맞춰서 같이 가자고 코우에게 말해야 하는데……. 유, 유나도 오는 모양이고 집도 이웃이니까 그 정도 제안은 해도 이상하게 생각하지 않겠지……?》"

거의 매일 아침 현관에서 잠복하는 주제에 뭘 이제 와서 그런 걸 신경 쓰는 거야.

여자의 마음이란 모르겠다……

아야노가 꼼지락거리며 부끄러운 듯이 눈을 내리깔았다.

"이, 있잖아, 코우타……."

"왜?"

"그…… 여름 축제 말인데, 같이 가는 게 현지에서 만나는 것보다 효율적이라고 생각하거든……. 왜, 왜냐면 그러는 편이 엇갈릴 일도 없어서 편하잖아? 그, 그러니까……."

이어서 슬그머니 올려다보며 말한다.

"같이 갈래?"

그런 솔직한 아야노의 말에 나도 모르게 가슴이 뛰었다.

분명 아야노와 재회하고 얼마 지나지 않았을 때였다면 이런 제안을 하는 데도 훨씬 시간이 걸렸을 것이다.

그렇지만 지금은 이렇게 솔직히 말해준다.

그런 사실이 아야노가 나를 신뢰해주고 있는 것 같아서 기뻐지는 한편으로 네코히메 님에게 쓸데없이 호감도를 올리지 말라며 혼날지도 모른다는 생각도 들었다.

나는 왠지 멋쩍어져서 차창에 반사된 아야노의 눈을 보며 말했다.

"나는 처음부터 그럴 생각이었는데."

석양 때문인지, 아니면 다른 이유 때문인지. 아야노는 빨갛게 물든 얼굴을 부끄러운 듯이 돌리며 "그래?" 하고 기쁜 기색으로 대답했다.

제2장 『파티 타임』

　그로부터 며칠이 지났을 무렵. 바다에 갔을 때 특산물이라며 대량으로 팔았던 생선을 가방에 가득 담은 나는 카구라네코 신사에 가려고 현관문을 열었다.

　"네코히메 님, 선물이 그냥 생선뿐이면 투덜대려나⋯⋯. 아니, 네코히메 님은 먹을 수만 있으면 뭐든지 기뻐하려나."

　만일에라도 네코히메 님이 생선을 받고 불평할 때의 변명을 생각하며 집 앞의 도로로 발을 내딛자 옆에서 엄청난 속도로 접근해온 차가 끼익, 하는 귀청을 찢는 소리를 내며 눈앞에 정차했다.

　한 눈에도 알 수 있는 고급스러운 검은 외제차였다. 평범한 사람은 타는 것도 주저될 듯한 사람의 접근을 불허하는 위압감을 가지고 있었다.

　뭐지⋯⋯?

　얼굴을 찌푸리고 있으니 운전석과 조수석의 문이 열리며 마찬가지로 한 눈에도 알 수 있을 정도로 수상한 검은 옷에 선글라스를 쓴 여자 둘이 모습을 드러냈다.

　뭐야, 뭔데⋯⋯?

상황을 파악하지 못하고 접근해오는 검은 옷 2인조를 멀뚱히 바라보고 있던 나는 어느 사이엔가 양팔을 붙들린 채 그대로 뒷좌석에 실리고 말았다.

　…………?

　그 비일상적인 상황에 나는 저항할 생각도 못 하고 그저 바보같이 고급차의 좌석은 폭신하구나, 같은 생각만 하고 있었다.

　이윽고 나를 뒷좌석에 태운 두 사람이 다시 차에 타고 시동을 걸어 차창으로 보이는 풍경이 후방으로 흘러가는 걸 보고 나서야 지금 자신의 신변에 무슨 일이 일어났는지가 이해되었다.

　"어?! 나 지금 유괴된 건가?!"

　그런 너무 늦은 마음의 외침에 옆에서 한숨 섞인 여성의 목소리가 나직하게 들려왔다.

　"너는 그거로군. 생물로서의 경계심이 치명적일 정도로 부족해. 설마 아무런 저항도 없이 차에 탈 줄은 몰랐는걸."

　목소리가 들린 쪽을 보니 그곳에는 미즈키의 언니인 사이온지 아카리가 어이없어하는 얼굴로 앉아 있었다.

　사이온지 아카리는 미즈키의 언니지만 혈연관계는 아니었다. 하지만 미즈키를 친여동생처럼 귀여워했으며 우리가 다니는 미네부치 고등학교의 이사장을 맡고 있었다.

　저번에 만났을 때와 마찬가지로 옷깃을 세운 새하얀 양복에 가죽 장갑을 끼고 있다.

아무래도 이게 이사장의 정장인 모양이었다.

"아…… 이사장님……. 아, 안녕하세요."

"인사나 할 땐가……. 정말이지. 너는 류자키 츠쿠시의 흉기로부터 미즈키를 지킨 기개 있는 남자가 아닌가. 그에 걸맞은 대응을 해주지 않으면 너를 밀고 있는 내 입장이 말이 아니잖아."

"죄, 죄송합니다……."

날 밀고 있다고? 이사장 내 팬이야?

"저기, 하나 물어봐도 될까요?"

"뭘 물어보고 싶은지는 안다. 내가 왜 이런 행동을 했는지 궁금하겠지."

"아뇨, 그게 아니라 가방 안에 생선이 들어 있어서 시간이 걸리는 용무라면 냉장고를 빌릴 수 없나 해서요."

"……너는 그거로군. 역시 평범하지 않아."

"예? 그런가요? ……그치만 차갑게 해두지 않으면 상하니까……."

"알았으니까! 생선은 냉장 보관해서 나중에 너희 집에 보내놓으마. 그러니 그런 것보다도 지금은 좀 더 우리의 행동에 관심을 가져줘. 그러지 않으면 이런 거창한 일을 벌인 게 부끄러워지지 않나."

네코히메 님과 고양이들에게 줄 선물의 안전을 확보한 나는 그제야 본론으로 들어갔다.

"그래서 저는 왜 유괴된 건가요?"

생선 이야기부터 했던 게 문제였는지 이사장은 뭔가 납득되지 않는다는 듯한 표정을 짓고 있었지만 짧게 한숨을 한 번 내쉬고 나서 대답해줬다.

"……실은 오늘, 지금부터 사이온지 가문의 본가가 주최하는 파티가 열린다. 그 파티에 미즈키와 함께 참가해줬으면 해."

파티? 파티라면 그거지? 먹고 마시는…….

왜 내가 사이온지 가문의 파티에 초대된 거지?

서, 설마! 미즈키의 남자친구로——.

"네가 미즈키의 보디가드를 해줬으면 하거든."

아……. 그거군요…….

뭐, 남자친구로 부를 리가 없겠지.

이사장도 내가 미즈키의 정체를 안다는 걸 모르니…….

"보디가드요? 아니, 제가 한 번은 류자키 츠쿠시에게서 미즈키를 지키긴 했지만 그건 어쩌다 보니 그렇게 된 거고 특별히 격투기 같은 걸 배우지는 않았는데요? 오히려 제 여동생이 저보다 강한데."

"걱정할 것 없다. 처음부터 너에게 그런 걸 기대하지는 않았으니까."

그렇게 딱 잘라 말하면 좀 상처받습니다만…….

남자의 마음도 조금은 고려해주세요…….

차가 신호 앞에서 조용히 정차하자 밖에서 뭔가 시끌벅적한 소리가 들려와서 나와 이사장은 나란히 그쪽으로 시선을 보냈다.

상점가의 입구에 걸려 있는 '오므라이스 많이 먹기 대회'라는 현수막 아래가 인파로 가득했다.

그 너머에 설치된 무대 위에서는 거한들이 오므라이스 한 접시를 비우는 데도 고전하고 있는 가운데 세 접시째를 먹어 치우고 있는 유나의 모습이 있었다.

끝이 말린 머리카락을 어깨 위에서 가지런히 자른 유나는 나와는 조금도 닮지 않은 발랄한 눈을 반짝이고 있었다.

그 기이한 광경에 넋을 놓고 있으니 이사장이 말했다.

"저건…… 네 여동생 아니었나?"

왜 댁이 유나의 얼굴을 아는 겁니까…….

조사한 거지? 그렇지?

"그런 것…… 같네요."

"저 애는 챌린지 메뉴가 있는 많은 가게에서 출입 금지를 당할 정도의 실력을 지닌 푸드 파이터라던데 직접 보니 상당히 박력이 있는걸."

왜 댁이 그런 걸 아는 겁니까.

조사한 거지? 그렇지?

뭐, 유나의 방에서 맨날 음식 냄새가 난다 싶기는 했는데…….

출입 금지를 당할 정도로 털어먹고 다녔다니 이 오빠는 좀 부끄럽구나…….

"아, 신호 바뀌었네요. 출발하세요."

"괜찮나? 여동생을 응원 안 해도."

"예, 뭐……."

방금 광경은 보지 못한 것으로 하자…….

푸드 파이트 중인 여동생을 뒤로하고 차가 다시 달리기 시작했다.

"그, 그래서 아까 이야기 말인데, 저보고 미즈키의 보디가드를 해달라고 하셨는데……. 자세한 이유를 알려주시면 안 되나요?"

"그래. 전에도 조금 이야기했는데 같은 사이온지 가문이라고 해도 본가와 분가는 입장이 완전히 달라. 본가의 인간은 양녀인 나와 나를 거두어주신 부모님에게 심술을 부리는 쓰레기들이지. 하지만 그게 용납되는 권력이 있어. 이번 파티는 분가인 우리도 강제로 참가하게 되었는데 묘하게도 나와 부모님, 그리고 언제나 미즈키의 시중을 들어주는 메이드는 본가가 다른 일을 시켜서 파티에는 참가하지 못해."

메이드……. 아마미야 선생님 말인가…….

"……요컨대 그 파티에는 미즈키 혼자 참가해야 한다는 건가요?"

"그래. 분명하게 말하지. 나는 본가의 인간을 털끝만치도 신용하지 않아. 그렇기에 그런 놈들이 모이는 곳에 미즈키만 혼자 보내고 싶지 않은 거야."

"그래서 저를 미즈키의 보디가드로 파티에 보낸다는 건가요?"

"보디가드이기는 하지만 편의상 미즈키가 초대한 친구라는 모양새로 참가하면 돼. 내 부하를 붙이고 싶지만 부하는 일단은 사이온지 가문 자체에 고용된 것으로 되어 있어. 본가의 인간이 돌아가라고 명령하면 따를 수밖에 없지. 그러나 미즈키의 친구이자 손님으로 참가했다면 별개야. 본가와 분가의 입장에 구애되지 않고 미즈키의 곁에 있어 줄 수 있어."

미즈키네 집안 사정은 역시 보통 성가신 게 아닌걸⋯⋯.

잘은 모르겠지만 부자들은 하나같이 이런 느낌인가?

"근데 저도 아마 아무것도 못 할 텐데요? 돈도 권력도 없는 평범한 고등학생일 뿐이니."

"하지만 너는 미즈키의 친구잖아?"

그런 말을 듣고 거절할 수도 없었다.

⋯⋯아니지.

미즈키를 위한 일이라는 말을 들었을 때부터 거절할 생각은 사라졌다.

미즈키에게는 지금까지 많은 도움을 받아왔다.

그런 내가 미즈키를 저버리는 건 말도 안 되는 일이었다.

"알겠습니다. 힘이 될 수 있을지는 모르겠지만 힘내볼게요."

"그래. 너라면 그렇게 말해주리라 생각했어. 뭘, 위험한 상황에선 미즈키 대신 찔리는 것 정도는 해줄 테지?"

"그, 그건 좀⋯⋯."

이렇게 나는 사이온지 가문의 본가가 주최하는 파티에 초대받게 되었다.

◇ ◇ ◇

　차로 도착한 저택 안. 고풍스러운 페르시아 양탄자가 깔린 방의 행거에 다양한 의상들이 걸려 있었다. 그중에서 건네받은 남성용 정장으로 갈아입은 나는 전신 거울 앞에 섰다.

　"코우타 님, 잘 어울리시네요."

　메이드복 차림의 여성이 건네준 정장을 입은 날 보며 살짝 고개를 끄덕여 보였다.

　어울리나……?

　정장을 입어본 적도 거의 없는데 이런 고급스러워 보이는 옷을…….

　이거 입고 이대로 바깥에 나가면 노상강도에게 털리진 않을까…….

　불안하다…….

　"괜찮군. 꽤 어울려."

　돌아보니 이사장이 문 앞에 서 있었다.

　"그런가요? 그럼 다행인데……."

　이사장은 총총히 눈앞으로 다가오더니 내 넥타이로 손을 뻗어 위치를 살짝 조절했다.

　"좋아. 이걸로 문제없어."

　"가, 감사합니다."

　감사의 말을 전하자 이사장은 어째서인지 내 얼굴을 빤히 보았다.

왜 그러나 싶어서 고개를 갸웃거리고 있으니 이사장의 속마음이 머릿속으로 흘러들어왔다.

《남동생이 생기는 것도 나쁘지 않나…….》

여러 가지로 비약이 심하지 않습니까?!

시간이 없는지 이사장은 내 넥타이를 가다듬어주고는 서둘러서 문 쪽으로 돌아갔다.

"아까도 말했지만 나는 지금부터 다른 용무로 다시 나가야 해. 송환은 부하에게 맡겼으니까 뒷일은 부탁하지, 니타케 군."

"아, 예. 최대한 잘해볼게요."

"좋아. 그럼 이만."

그렇게 그대로 나가려고 하는 이사장의 등에 대고 줄곧 궁금했던 걸 물어보았다.

"저기, 마지막으로 하나만 물어봐도 될까요?"

"뭐지?"

"왜 저를 유괴하려고 하신 건가요? 서두르느라 그러신 건가 했는데 옷을 갈아입을 시간도 꽤 있었고……. 평범하게 처음부터 설명하고 차에 태웠으면 되지 않았나요?"

"그건…… 말이지……."

"그건?"

"기, 기업 비밀이다! 《말 못 해……. 그냥 깜짝 놀라게 하고 싶었을 뿐이라고는…….》"

아니, 그런 데서 장난을 쳐도 말이지…….

"그럼 나는 이만 가지! 뒷일은 부탁하마! 수고해!"

그런 말을 남기고 이사장은 도망치듯이 자리를 떴다.

◇ ◇ ◇

이사장을 보내고 만반의 준비를 끝낸 뒤에 정장으로 갈아입었던 저택에서 차로 수십 분 더 걸리는 회장으로 이동했다.

"도착했습니다. 니타케 님."

그때까지 운전해줬던 이사장의 부하 직원의 그런 말에 뒷좌석에서 밖을 살펴보니 눈앞에 빌딩 하나가 떡하니 있었다.

주위에 있는 빌딩과 비교해도 한층 더 커다랗고 정면 출입구와 주차장으로 들어가는 통로에는 양복을 차려입고 하얀 장갑을 낀 도어맨 몇 명이 눈을 빛내고 있었다.

"이 빌딩, 호텔이었죠……? 여기서 파티가 열리나요?"

운전석에 앉은 선글라스를 낀 여성이 담담히 대답했다.

"예, 맞습니다. 사이온지 가문이 소유한 호텔 중 하나입니다. 오늘은 이곳의 40층 플로어 전체를 빌려 파티가 개최되므로 니타케 님은 그쪽으로 가시면 됩니다."

"예?! 같이 가주시는 게 아니라요?!"

"예. 저희는 여기서 일단 자리를 떠야 합니다. 시간이 되면 다시 이곳으로 올 테니 그때까지 미즈키 님을 잘 부탁드리겠습니다."

호, 혼자서 이런 번듯한 빌딩에 들어가야 하는 건가…….

"저, 저기, 그런데 미즈키는 어디에……?"

"미즈키 님은 본가 쪽에서 저택까지 모시러 가기로 되어 있어서 이미 안에 계시리라 생각합니다."

"저택까지요? 그럼 미즈키는 아까 저희가 있던 저택에 있었던 건가요?"

"아, 그건 아니고 미즈키 님은 그 저택과는 별개의 저택에서 머무르고 계십니다. 아까 저택은 아카리 님께서 소유하고 계신 별채입니다."

저택이란 걸 그렇게 맘대로 몇 채씩 가질 수 있는 거였나?

괜찮은 거지? 뭔가 음지에서 나쁜 짓 해서 돈 벌고 있는 거 아니지?

나는 다시금 빌딩으로 시선을 옮겼다.

미즈키는 이미 이 안에 있다.

본가의 인간에게 둘러싸여서 소외감에 주눅 들어 있을지도 모른다.

내가 할 수 있는 건 없지만 옆에 있어 주기만 해도 그보다는 나을 터였다.

각오를 다지며 차 문을 잡았다.

"그럼 다녀오겠습니다!"

"무운을 빌겠습니다."

배웅을 받으며 빌딩의 입구로 다가가자 곧바로 도어맨이 둘러싸며 "오늘은 무슨 용무로 오셨는지요?" 하고 질문을 해댔다.

"그게……. 사이온지 씨의 파티에 초대받아서요……."

"그럼 초대장은 가지고 계십니까?"

"초대장?"

"예. 파티를 찾아오신 손님은 초대장을 가지고 계시지 않으면 안으로 모실 수 없게 되어 있습니다."

"그, 그래요? 어……."

그런 이야기는 못 들었습니다만?!

그 자리에서 당황하고 있으니 뒤쪽에서 방금 헤어졌던 이사장의 부하 직원이 "니타케 님~!" 하고 이쪽을 향해 손을 흔들었다.

"죄송합니다! 초대장을 드리는 걸 깜빡했습니다!"

그런 건 좀 확실하게 해주시면 안 됩니까…….

괜한 창피를 당하긴 했지만 초대장을 건네받아 겨우 빌딩 안으로 들어올 수 있었다.

1층 로비는 높은 천장에 샹들리에가 몇 개나 매달려 있어서 마치 다른 세상에 온 것만 같았다.

저런 샹들리에를 보면 떨어져서 깨지는 상상을 하는 건 나 혼자뿐인가……?

비싸 보이는 항아리와 그림 등도 곳곳에 장식되어 있어서 솔직히 말해 편히 있을 수가 없었다.

끝내주네……. 하룻밤 자는데 얼마나 하려나…….

핸드폰으로 검색해보면 졸도할지도 모를 일이어서 괜한 생각이 들지 않도록 엘리베이터에 타고 파티가 열리는 40층으로 올라갔다.

기다리고 있어, 미즈키…….

나는 천천히 숫자가 올라가는 엘리베이터의 층수 표시를 보며 지금 미즈키가 처했을지도 모르는 상황을 생각했다.

도와줄 사람이 없는 곳에서 실수를 저질러 자신의 정체가 여자라는 걸 들켰을지도 모른다.

바다에서 처음 만난 날라리에게 순식간에 정체를 간파당했을 정도니까…….

충분히 있을 법한 일이다…….

그렇지만 속마음이 들리는 나라면 임기응변으로 그 상황을 넘길 수 있을지도 모른다.

기다려, 미즈키. 지금 갈 테니까!

띠잉, 하는 소리가 나며 엘리베이터가 목적지인 40층에 도착하자 문이 천천히 양쪽으로 열렸다.

"니타케 님, 어서 오십시오. 오늘은 편히 즐겨주시길 바랍니다."

열린 문 바로 옆에 서 있던 호텔 직원이 나를 향해 깊이 머리를 숙였다.

"아, 가, 감사합니다……."

느닷없이 이름이 불려서 당황했는데 아마도 조금 전에 접수해 준 도어맨이 사전에 연락을 넣은 거겠지.

"요리는 편하신 대로 드시면 됩니다. 물은 필요하신지요?"

"괘, 괜찮습니다."

"그럼 안내하겠습니다."

직원의 안내에 정면으로 시선을 옮겨보니 넓은 실내에 일정한 간격으로 놓인 원형 테이블 위에 다양한 요리가 차려져 있었다.

입식 형식인 듯 호사스러운 드레스를 입은 여성들과 어딘가 중후한 분위기가 감도는 아저씨들이 손에 접시를 들고 요리를 음미하고 있었다.

이, 이게 상류 계층의 파티란 건가…….

최근에 본 데스게임물 영화에 이런 장면이 있었는데…….

하나같이 와인 잔을 들고 주인공들을 거만하게 내려다보며 조소를 짓는 장면이었다…….

거대 모니터에 이상한 영상이 나오고 있지는 않지?

아니, 그런 것보다도 미즈키부터 찾아야 하는데.

어디 보자……. 미즈키가…….

회장 안을 두리번거리며 둘러보았지만 미즈키는 보이지 않았다.

일단 핸드폰으로 연락을…… 아차, 정장으로 갈아입을 때 생선과 함께 맡겼었지……. 큭. 핸드폰이 없다는 게 생각나자마자 갑자기 불안해지는데……. 이게 핸드폰 의존증이란 건가…….

어쩔 수 없이 회장 안을 한 바퀴 돌아보았지만 마찬가지로 미즈키는 찾지 못했다.

그밖에 찾아보지 않은 곳이라면…….

회장 앞의 복도 끝에는 화장실이 있는 듯한데, 나는 그곳에 미즈키가 숨어있지 않을까 하는 생각에 걸음을 옮겨보았다.

그러다가 화장실로 가는 길에 놓인 화사한 색감의 꽃이 장식된 꽃병 두 개 사이에 미즈키가 우두커니 서 있는 걸 발견했다.

미즈키의 눈은 마치 '나는 꽃병입니다. 말 걸지 말아주세요' 하고 말하는 것처럼 허공을 바라보고 있었다.

미즈키……. 이런 데 숨어있었던 거냐…….

그나저나 그런 다 죽은 사람 같은 눈을…….

나는 조심스럽게 미즈키에게 다가갔다.

"야, 미즈키. 살아 있어?"

그렇게 말을 붙이자 미즈키는 이쪽을 보지도 않고 말했다.

"저, 저는 꽃병입니다……. 말 걸지 말아주세요……."

여, 역시 꽃병인 척하고 있는 거였나…….

틀렸다……. 완전히 이곳의 분위기에 잡아먹혔다…….

"뭐, 네가 거기서 꽃병이 되어 있고 싶다면 상관은 없는데……. 솔직히 말해서 오히려 눈에 띄거든?"

실제로 지금도 복도를 지나가던 사람이 미즈키를 보고 일일이 눈을 휘둥그레 떴다.

그때까지 철저하게 꽃병인 척하고 있던 미즈키는 서서히 생기를 되찾더니 내 얼굴을 보자마자 의아한 표정으로 고개를 갸우뚱거렸다.

"어? 코우타? 이런 데서 뭐 해?"

"뭐 하냐니……. 이사장님이 미즈키의 친구로 파티에 참가해 달라고 해서 온 건데."

"아카리 누나가……. 그렇구나……. 내가 걱정되어서……."

미즈키는 어딘가 기뻐 보이는 표정으로 살포시 미소 짓더니 내 손을 잡고 조금 전까지와는 확연히 다른 환한 웃음을 지었다.

"고마워, 코우타! 지금 좀 곤란한 상황이어서…… 와줘서 정말 기뻐!"

"곤란해? 왜? 무슨 일 있었어?"

"그, 그게 있잖아……."

미즈키가 눈살을 찌푸리며 입을 떼려고 했을 때 회장 쪽에서 톤이 높은 여성의 목소리가 날아들었다.

"어머나. 미즈키 님, 이런 곳에 계셨군요. 찾았답니다."

목소리가 들린 쪽으로 시선을 옮겨보니 화려한 드레스를 입은 주위의 여성들과는 다르게 차분한 색감의 드레스를 입은 여성이 이쪽으로 다가오고 있었다.

빨려 들어갈 듯한 푸른 눈에 약간 푸른빛이 도는 생머리.

언뜻 보기에는 귀하게 자란 차분한 분위기의 아가씨 같았지만 인형 같은 웃는 얼굴과 광택이 없는 눈에서는 어딘가 꺼림칙한 인상을 받았다.

나이는 우리와 같거나 조금 연상으로 보였다.

그 여성의 모습을 보자마자 미즈키의 얼굴이 순식간에 새파래졌다.

"으아악! 드, 들켰어……. 어떡해……."

"뭔데 그래. 저 사람한테서 숨은 거야? 왜?"

미즈키가 내 질문에 대답하기 전에 눈앞까지 다가온 여성이 치마의 양 끝자락을 손가락으로 집어 올리며 깊이 허리 숙여 인사했다.

"처음 뵙겠어요, 니타케 코우타 님. 저는 도묘지 그룹 회장의 손녀인 도묘지 코하루라고 해요."

도묘지 그룹? 자주 광고가 보이는 유명한 건설 회사 말인가.

"안녕하세요, 도묘지 씨——."

"부디 코하루라고 불러주세요."

도묘지는 그렇게 말하며 생긋 미소를 지어 보였지만 내 귀에는 그 속마음이 똑똑하게 들려왔다.

"《니타케 코우타……. 사이온지 미즈키의 단 하나뿐인 절친한 친구……. 사이온지 미즈키를 함락시키려면 우선 이 남자부터 공략해야겠죠.》"

그 순수한 미소와는 동떨어진 속마음에 나도 모르게 흠칫했다.

뭐, 뭐지, 이 사람……. 미즈키를 함락시킨다고? 설마…….

"왜 그러세요? 코우타 님?"

"아, 아뇨. 아무것도 아니에요, 도묘지——."

"코하루라고 불러주세요."

"아, 예⋯⋯. 코하루 씨⋯⋯."

"후후. 그렇게 부르시면 돼요. 《우선은 서로 이름으로 부름으로써 친밀감을 가지게 해 거리를 좁히는 거예요. 인심 장악의 철칙이죠. 언젠가 적이 될 상대의 품 안이니까요. 방심시켜줘서 나쁠 건 없겠죠.》"

언젠가 적이 될⋯⋯?

잘은 모르겠지만 대놓고 위험한 냄새가 나는데⋯⋯.

되도록 마음을 허락하지 말자⋯⋯.

나는 다시 미즈키 쪽을 돌아보았다.

"그, 그래서 두 사람은 무슨 관계인데? 친구야? 아니면 친척 같은?"

"그런 거 아니야, 코우타⋯⋯. 이 사람은――."

어딘가 허둥대는 기색인 미즈키의 말을 자른 코하루가 씨익하고 한층 더 꺼림칙한 웃음을 지으며 말했다.

"저는 미즈키 님의 약혼자예요."

'약혼자'라는 뜬금없는 단어에 바보같이 멍하니 입을 벌리고 생각하기를 멈추고 말았다.

"야, 약혼자⋯⋯?"

벙찐 나에게 미즈키가 황급히 말했다.

"나, 나도 조금 전에 갑자기 그런 말을 들었거든⋯⋯. 근데 아무래도 본가 사람이 정한 정식 약혼인듯해서……."

"본가가 정한 정식 약혼……? 무슨 말을 하는 거야……?"

"으, 응……. 그야 놀라겠지……. 나도 갑작스러워서 깜짝 놀랐으니까……."

"……그게 아니라. 그런 말이 아니잖아."

"……어?"

"남이 정한 약혼이 어디가 '정식' 이라는 거야……."

미즈키는 쓸쓸하게 눈을 내리깔았다.

"……그, 그치만…… 본가의 지시니까…… 내가 어떻게 할 수 있는 것도 아니고……."

여긴 현대 일본이라고…….

아무리 이런 집안이라도 강제로 약혼을 시킨다니 말이 되냐고…….

생각 못 한 미즈키의 소극적인 태도에 놀라고 있으니 코하루도 짐짓 당연하다는 것처럼 말했다.

"저희 도묘지 그룹과 미즈키 님의 사이온지 가문이 결혼이란 형태로 이어지면 서로의 사업이 더욱 좋은 방향으로 발전할 게 틀림없어요."

"회사를 위해 결혼시킨다는 게 말이나 돼?"

"어머나. 저는 개의치 않는데요?《뭐, 사이온지 미즈키와 결혼한 뒤에는 제가 내부에서부터 사이온지 가문의 힘을 송두리

째 빼앗을 거지만요. 후후후. 이쪽의 계획도 모르고 이 혼담을 인정한 바보 같은 사이온지의 본가 분들에겐 아무리 감사해도 모자랄 지경이에요.》"

이게?!

미즈키를 마치 물건처럼 취급하는 코하루의 생각에 나도 모르게 덤벼들 뻔했지만 꾹 눌러 참았다.

코하루의 도묘지 그룹과 사이온지 가문의 본가는 미즈키가 여자라는 사실을 모른다.

결혼을 하게 되면 언젠가 그 사실이 밖으로 드러날 것이다.

그렇게 되면 미즈키와 이사장, 두 사람의 부모님이 어떤 취급을 당할지는 상상하기 어렵지 않은 일이었다.

옷자락이 당겨져서 바라보니 미즈키가 체념한 듯한 웃음을 짓고 있었다.

"괜찮아, 코우타. 언젠가 이런 날이 오리란 건 알고 있었어. ……그러니까 괜찮아."

괜찮긴 뭐가 괜찮냐고…….

너는…….

너는 그렇게 슬픈 웃음을 짓는 애가 아니잖아!

"웃기지 말라고 해. 뭐가 약혼이야. 어차피 미즈키네 집의 권력이 목적일 뿐이면서."

코하루의 눈썹이 움찔 반응하며 한순간 노기를 띤 눈매가 되었다.

"《이 남자…… 도묘지 그룹의 업무실적이 저조한 것을 알고 있나요……? 아니, 그럴 리가요. 그 정도로 기업 간의 사정에 해박한 인물로는 보이지 않아요……. 아마도 방금 발언은 단순한 블러핑이겠죠…….》"

코하루는 금방 표정을 풀더니 시부룩해진 척 고개를 숙였다.

"……그렇네요. 사이온지 가문과 도묘지 그룹은 규모의 차이가 크니까 그렇게 생각하시는 것도 어쩔 수 없는 일이에요……. 하지만 그것도 재벌로 태어난 저희가 짊어질 숙명이에요. 그렇다면 받아들일 수밖에 없겠죠……. ……코우타 님처럼 평범한 가정에서 태어난 분은 이해 못 하실지도 모르겠네요. 《설령 사이온지 가문의 권력이 목적이라는 게 알려진다 해도 우리 도묘지 그룹이 사이온지 가문을 탈취할 계획이란 건 증명할 방법이 없어요. 여기서는 적당히 넘어가면 문제없겠죠.》"

……확실히 코하루의 생각대로였다.

내가 여기서 아무리 떠들어봤자 바뀌는 건 아무것도 없다…….

하지만 말이야…….

소중한 친구를 물건 취급하는데 잠자코 있을 정도로 나는 얌전한 인간이 아니라고.

"평범한 집안에서 태어나 평범하게 살아왔기에 댁들이 비정상이란 걸 확실하게 아는 거지. ……애당초 그쪽과의 혼담을 미즈키가 여기 와서 처음 들었다는 건 미즈키네 부모님에게도 사전에 이야기하지 않았다는 거잖아. 이게 말이 된다고 생각해? ……댁들은 처음부터 알고 있었던 거야. 미즈키나 미즈키네 부모님에게 직접 혼담을 꺼내면 바로 거절당하리란 걸 말이야. 요컨대 나는 그쪽이 지금 미즈키를 괴롭게 하고 있다는 걸 충분히 이해하고 있어. 소중한 친구가 괴로워하는데 잠자코 있을 것 같아?"

"《……칫. 사소한 걸 가지고 쫑알쫑알…….》"

내가 커다란 목소리로 반론한 탓인지 주위에 점점 사람들이 모이기 시작했다.

내가 하고 싶은 말을 끝내자 가장 먼저 입을 연 건 그때까지 줄곧 조용히 있었던 당사자인 미즈키 본인이었다.

"……응. 코우타의 말대로야. 내가 어떻게 됐었나 봐……. 《코우타가 날 소중한 친구라고 해주는데…… 내가 포기할 수는 없어!》"

미즈키는 코하루 쪽으로 한 걸음 다가가더니 매서운 눈초리로 쏘아보며 당당하게 선언했다.

"미안하지만 나는 아직 누구와도 결혼할 생각은 없어."

그런 미즈키의 말에 코하루는 누구에게도 들리지 않을 정도로 작게 혀를 찼다.

"……어머나. 그 말은 즉 사이온지 본가의 결정에 이의를 제기한다는 건가요?"

그렇게 분명하게 묻는 말에 미즈키는 잠시 멈칫했지만 그래도 당당히 반론했다.

"그, 그래! 나는 누구의 것도 아니니까! 니타케 코우타의 소중한 친구, 사이온지 미즈키니까!"

그 순간 등줄기가 싸늘해지며 온몸의 털이 곤두서는 듯한 오한을 느꼈다.

그 원인은 틀림없이 코하루의 무시무시할 정도로 날카로운 시선 때문일 것이다.

그때까지 짓고 있던 인형처럼 무미건조한 지어낸 웃음이 아니라 살기라 해도 될 정도로 적의가 담긴 날카로운 눈매였다.

지금까지 벌써 몇 번이나 느꼈던 목숨의 위험이 다가왔을 때의 그 감각이었다.

그걸 동년배 여자인 코하루가 내뿜고 있다는 데서 공포를 느꼈다.

대체 어떻게 살아오면 이런 살기를 내뿜을 수 있는 거지…….

코하루는 그대로 담담히 말을 이었다.

"……그렇군요. 미즈키 님의 생각은 잘 알겠어요. 하지만 이쪽도 딱히 장난으로 혼담을 꺼낸 건 아니에요. 그걸 이리 쉽게 미즈키 님 혼자만의 판단으로 거절해서는 곤란한걸요. ……분명하게 말씀드리죠. 주제 파악을 하세요. 미즈키 님의 미래는 혼자서 결정해도 될 정도로 작은 문제가 아니랍니다."

그렇게 코하루가 위협하듯 말한 다음 순간, 뒤쪽에서 여성의 목소리가 끼어 들어왔다.

"주제 파악을 해야 할 사람은 당신입니다."

주위의 인파를 가르듯이 나타난 건 메이드복 차림의 아마미야 선생님이었다.

이사장의 말로는 아마미야 선생님은 본가가 시킨 일 때문에 이곳엔 못 온다고 하지 않았었나?

거기에 아마미야 선생님이 미즈키네 집의 메이드였다는 건 나에게도 비밀이었을 텐데……. 그런데 그대로 메이드복 차림으로 나타나다니…….

아마미야 선생님의 등장에 코하루가 노골적으로 성가시게 됐다는 것처럼 얼굴을 찌푸렸다.

"당신은 아마…… 분가의 메이드였죠?"

"예. 사이온지 미즈키 님의 전속 메이드인 아마미야 유리라고 합니다."

"《아마미야 유리……. 사이온지 미즈키의 전속 메이드인가요……. 사이온지 가문의 전속 메이드는 본가의 명령보다도 모시는 대상을 최우선으로 행동할 허가가 내려져 있었죠……. 성가시게 될 것 같아서 다른 일로 오지 못하게 했었는데 어디선가 이 파티의 존재를 눈치챘나 보네요…….》"

코하루는 그때까지의 살기를 누그러트리고는 다시 인형 같은 표정을 지으며 생긋 웃었다.

"어머나. 미즈키 님에게는 전속 메이드가 있었군요? 오늘은 모습이 보이지 않아서 없는 건가 했어요."

"저는 본가에서 시킨 일로 외부와의 연락이 단절된 무인도에 가 있었습니다."

무인도에 대체 무슨 일을 하러 간 거냐…….

구, 궁금해지는데…….

"《미즈키 아가씨와 한시라도 빨리 만나고 싶어서 일을 신속하게 끝내고 돌아와 봤더니…… 설마 도묘지 그룹이 미즈키 아가씨를 표적으로 삼을 줄이야……. 하지만 제가 왔으니 당신들 마음대로 되지는 않습니다.》"

아마미야 선생님이 한 걸음 나서자 그 위세에 코하루가 움찔하며 뒤로 물러섰다.

"미즈키 님 및 주인 어르신들께서는 미즈키 님의 약혼을 생각하고 계시지 않습니다. 일방적인 행동을 하시면 곤란합니다. 이 일은 정식으로 본가를 통해 도묘지 그룹에 항의하도록 하겠습니다."

틀림없이 코하루는 아마미야 선생님의 말에 곧바로 반론하리라 생각했었는데 바로 머리를 깊이 숙이며 순순히 사죄의 말을 입에 담았다.

"그렇네요……. 미즈키의 님의 마음도 생각지 않고 시기상조로 일을 벌여 죄송합니다. 후일에 이쪽에서도 정식으로 사죄하겠습니다. 《방해꾼이 끼어들었지만 도묘지 그룹이 사이온지 미즈키를 노리고 있다는 어필은 되었어요. 이걸로 사이온지 미즈키를 노리고 있는 다른 기업은 한동안 손을 대기 힘들어지겠죠.》"

미즈키를 노리고 있는 다른 기업이라는 소리에 새삼 주위에 모여든 사람들에게 시선을 돌렸다.

하나같이 마치 값을 매기는 것처럼 사람을 관찰하는 듯한 눈을 하고 있었다.

그렇군……. 미즈키를 노리는 녀석들은 수없이 많다는 건가…….

이놈이고 저놈이고 하나같이 욕망에 찌들어 있다…….

코하루는 처음부터 여기서 미즈키와의 약혼을 확정 지을 생각은 없었다. 하지만 여지도 없이 거절당하는 것도 피하고 싶었다. 그래서 이사장과 미즈키네 부모님, 아마미야 선생님을 떨어트려 놓고 미즈키 혼자만 파티에 불러내 자기주장이 약한 미즈키에게 강압적으로 약혼 이야기를 했다.

그렇게 함으로써 도묘지 그룹이 미즈키를 노리고 있다고 주위에 어필하며 견제하고 싶었던 거다.

아마미야 선생님의 등장 말고는 대체로 코하루의 의도대로 된건가…….

코하루는 다시 한번 깊이 머리를 숙이며 소란 피운 것에 대해 주위 사람들과 미즈키에게 사죄한 뒤 자리를 떴다.

그렇게 쉽사리 일이 정리되자 그때까지 이쪽을 관찰하고 있던 사람들도 금세 파티 회장으로 돌아갔다.

큰일 없이 사태가 수습되자 아마미야 선생님은 안도의 한숨을 내쉬며 나에게 머리를 숙였다.

"미즈키 님을 지켜주셔서 감사합니다.《니타케 군이 어떤 반응을 보일지⋯⋯.》"

아마미야 선생님이 빈틈없이 내 반응을 관찰했다.

아직도 내가 미즈키의 정체를 깨달았는지 떠보고 있는 건가?

아니, 아마도 상대의 반응으로 속내를 떠보는 게 버릇이 된 거겠지. 조금 전 코하루의 속마음으로 생각하면 그 정도의 신중함은 당연했다.

그렇지만 나도 여기서 실수할 정도로 바보는 아니었다.

"아니, 잠깐만요! 미즈키 '님' ?! 으응?! 뭐가 어떻게 된⋯⋯. 거, 거기에 그 메이드복은 대체⋯⋯."

미즈키와 아마미야 선생님의 관계를 단순한 사제지간으로 생각하고 있었던 척하며 놀란 연기를 해 보았다.

그런 내 거동에 아마미야 선생님은 안심한 것처럼 작게 미소 지었다.

"실은 전 미즈키 님을 모시는 메이드예요. 교사는 거짓된 모습이죠. 《저도 참 또 순간적으로 니타케 군의 반응을 떠보는 듯한 행동을 해버렸네요. 이러면 안 되는데 말이죠.》"

"그, 그랬군요⋯⋯. 전혀 눈치 못 챘어요⋯⋯."

"아, 이 사실은 당연히 학교에서는 비밀이에요? 말하면 후회하게 될 테니까요."

갑자기 무섭거든요?!

아마미야 선생님의 꺼림칙한 말에 겁먹고 있다가 등에 턱, 하고 닿는 충격을 느껴서 돌아보니 어째서인지 기쁜 표정의 미즈키가 나를 끌어안고 있었다.

"미즈키……? 왜, 왜 그래?"

미즈키는 남의 눈도 신경 쓰지 않고 칠칠치 못한 미소를 지었다.

"에헤헤~. 코우타, 날 감싸줘서 고마워! 엄청 기뻤어!"

으윽……. 뭐, 뭐냐, 그 귀여운 반응은…….

제대로 남자인 척 굴지 않으면 또 정체를 들킬 거라고…….

미즈키의 웃는 얼굴에 넘어가려는 걸 필사적으로 견뎠지만 포옹이 묘하게 낯부끄러웠다.

"아, 알았으니까 이제 그만 놔."

"왜~ 조금 정도는 괜찮잖아! 《어떡해! 역시 난 코우타가 좋은가 봐!》"

으윽……. 그런 기쁜 눈으로 보지 말라고…….

어떻게든 미즈키의 팔을 풀며 옷깃을 여몄다.

"이, 이제 그만 됐지? 아마미야 선생님도 왔으니까 난 먼저 돌아갈게."

"뭐~?! 이왕 온 거 요리 좀 먹고 가! 공짜야! 공짜!"

부잣집 애가 공짜 밥에 눈을 빛내지 마라…….

"오늘은 벌써 피곤해졌어. 그리고 이런 데선 마음 편히 있기도 힘들고……. 다음에 또 같이 햄버거라도 먹으러 가자. 그쪽이 훨씬 즐겁잖아."

"……응! 그러네! 코우타와 함께 있으면 뭘 먹어도 즐거우니까!"

미즈키의 순진무구한 태도에 마음이 술렁이는 걸 참으며 나는 바로 엘리베이터에 타서 두 사람의 배웅을 받으며 그 자리를 뒤로했다.

◇ ◇ ◇

"하아……. 진짜 좀 피곤한데……."

결국 아마미야 선생님이 제때 왔으니까 내가 올 필요도 없었던 것 아닌가?

그런 생각을 하면서도 환한 웃는 얼굴로 고맙다고 한 미즈키가 떠오르자 이거면 된 건가 싶기도 했다.

빌딩에서 나와 주위를 둘러보니 이사장의 부하 직원 여성이 나를 기다려주고 있었다.

"잘 풀리셨나요?"

"뭐가 어떻게 되어야 잘 풀렸다고 할 수 있는 건지를 모르겠는데요……."

"그럼 다르게 물어보지요. 미즈키 님은 니타케 님이 와서 기뻐하셨나요?"

"그거야…… 뭐, 어느 정도는……."

"그렇다면 잘 풀린 거네요."

화술이 좋다는 생각에 역시 이사장의 부하 직원, 하고 감탄하고 있으니 눈앞에 고급차 한 대가 정차했다. 오늘은 이걸로 두 번째였다.

정차한 차의 창문이 내려가자 안에서 아까 헤어졌던 코하루가 얼굴을 드러냈다.

"코우타 님, 자택까지 모셔다드릴게요."

감정이 담기지 않은 웃음에 멈칫하면서도 이사장의 부하 직원이 끼어들었다.

"도묘지 님……. 제가 아카리 님으로부터 니타케 님의 송환을 지시받았습니다만……."

"어머나? 그럼 제 친절심에서 비롯된 제안을 거절하겠다는 건가요?"

"그, 그건……."

코하루의 속마음에 따르면 도묘지 그룹의 업무실적은 저조한 듯했지만 이사장의 부하 직원을 물러나게 할 정도의 힘은 충분히 가지고 있는 듯했다.

나는 두 사람 사이에 끼어들며 말했다.

"괜찮아요. 모처럼이니 코하루 씨에게 데려다 달라고 하죠."

이사장의 부하 직원은 걱정스러운 표정을 지었지만 자기가 어떻게 할 수 있는 문제가 아니었는지 말을 삼키며 "……그럼 먼저 실례하겠습니다." 하고 머리를 숙인 뒤에 코하루에게는 들리지 않도록 "조심하시길." 하고 속삭였다.

해가 완전히 져서 차창으로 고속도로의 전등이 흘러가기 시작했을 무렵에 옆에 앉은 코하루가 입을 열었다.

"코우타 님은 미즈키 님과 굉장히 사이가 좋으시네요."

이때까지 코하루의 속마음이 거의 들려오지 않아서 상대가 무슨 목적으로 나를 차에 태웠는지는 여전히 모르는 상태였다.

하지만 아마 미즈키와의 약혼에 도움이 될 정보를 캐낼 생각인 게 틀림없을 것 같았다.

"……뭐, 그렇지. 고1 때부터 같은 반이니까 어느 정도는."

코하루는 처음부터 나를 알고 있었다.

물론 나와 미즈키의 관계도 자세히 알아봤을 터였다.

"부럽네요. 저는 친구라 부를 수 있을 만한 분은 안 계시거든요."

그러시겠지, 하고 생각했지만 입 밖에 내지는 않았다.

"그래? 뭐, 나도 친구는 미즈키 정도뿐이니까 비슷해."

"후후후. 그럴지도 모르겠네요."

무난한 대화였다.

그렇지만 코하루의 눈은 나를 값 매기는 듯한 질척한 것으로 변해 있었다.

"《사이온지 미즈키와의 혼인을 성공시키기 위해 가능하면 친구인 이 남자가 저에게 좋은 인상을 품게 해야겠죠. 그렇게 저에 대한 사이온지 미즈키의 평가를 높일 공작을 할 생각이었는데 말끝마다 느껴지는 저에 대한 이 적의……. 이래선 회유하는 건 어렵겠어요. 그렇다면 다시 작전을 변경해볼까요. …… 사이온지 미즈키의 주위에서 신뢰할 수 있는 사람을 한 사람씩 제거하고 고립시켜서 저밖에 기댈 사람이 없게 만들면 머지않아 그쪽에서 꼬리를 흔들며 따라오겠죠.》"

　요컨대 나와 미즈키의 사이를 갈라놓겠다는 건가…….

　가만히 당할 것 같냐.

　"그런데 코하루 씨는 좋아하는 사람 없어?"

　"……예?"

　맥락 없는 질문에 코하루는 확연하게 당혹한 표정을 지었다.

　"아니, 코하루 씨도 아직 어리니까 그런 이른 시기부터 결혼 상대를 정해도 괜찮은 건가 싶어서."

　"저는 언젠가 도묘지 그룹을 이을 입장이에요. 연애 같은 걸 하고 있을 여유는 없어요. 《이 남자 역시 상대하기 힘든걸요……. 일일이 대화의 주도권을 빼앗으려고 들어요……. 칫. 애초에 이 남자만 없었다면 처음 작전으로 다 해결됐을 텐데…….》"

　처음 작전……? 그러고 보니 아까 '다시 작전을 변경해볼까요.' 같은 생각을 했었지…….

　뭔가 이미 손을 써뒀던 게 나에게 저지당했다는 건가……?

　뭐지? 최근에 미즈키에게 일어나서 내가 저지한 일은…….

　……설마…….

　"있잖아…… 코하루 씨."

　"왜 그러시죠?"

　방금 막 뇌리에 스친 최악의 가능성을 입에 담았다.

　"혹시…… 류자키 츠쿠시라는 애를 알아?"

내 질문에 코하루는 예? 하고 고개를 갸웃거렸다.

"류자키 츠쿠시? 글쎄요, 그게 누구죠?《설마 제가 류자키 츠쿠시를 부추긴 걸 들킨 건가요? 그럴 리가요!》"

류자키 츠쿠시를 부추겼다고……?

류자키 츠쿠시는 고등학교 1학년 때 미즈키에게 고백했다가 차인 충격을 계속 담아두고 있었다.

그리고 미즈키와 아야노가 둘이서 있는 모습을 목격하고 두 사람이 사귄다고 착각해 끝내 날붙이로 미즈키를 찌르려고까지 했었다.

그렇군…….

코하루의 현재 목적은 미즈키와 결혼해서 사이온지 가문을 내부에서부터 붕괴시켜 그 권력을 빼앗는 것…….

그렇다면 처음 작전은 사이온지 가문을 외부에서 공격해 그 힘을 깎아내는 것이었다…….

그러기 위해서 류자키 츠쿠시의 연심을 이용해 미즈키에게 덤벼들도록 부추겼다…….

틀림없다. 이 여자는── 적이다!

어느 사이엔가 창밖의 풍경이 낯익은 장소로 변해 있었고 차가 천천히 정차했다.

"도착했습니다."

운전사의 목소리가 이 시간의 끝을 알렸다.

코하루는 이쪽을 올려다보며 말했다.

"오늘은 감사했습니다. 무척 유익한 이야기를 나눌 수 있어서 즐거웠어요. 《류자키 츠쿠시와 제가 이어져 있다는 증거는 존재하지 않을 터. 그렇다면 여기서는 그냥 모른 척하기만 하면 될 뿐!》"

"이쪽이야말로 데려다줘서 고마워."

그쪽의 속마음은 나한테 전부 들린다고.

아무리 감추려고 해도 무의미해.

"그럼 코우타 님. 다음에 또 뵙지요. 《그렇지만 이 남자의 감이 기이할 정도로 날카로운 것도 사실이죠. 우선은 이 남자를 처리할 방법을 생각해봐야겠어요.》"

"그래, 다음에."

할 수 있으면 해봐라⋯⋯.

미즈키를 속이려고 한 보답이다⋯⋯.

그쪽의 작전이란 걸 철저하게 깨부숴주겠어!

제3장『호텔×밀실=?』

저번 파티에 참가한 뒤로 일주일 이상이 지난 어느 날의 해 질 녘.

나는 내 방의 침대에 드러누워 멍하니 천장을 올려다보고 있었다.

여름 방학은 할 것도 없고 심심한데…….

틀림없이 코하루가 뭔가 수작을 부리리라 생각해서 경계하고 있었는데 그 이후로 아무 일도 없었다.

아무래도 미즈키도 여러 가지로 바쁜 모양이라 나와 놀아주지 않았다.

그리고 보니 최근 일주일 정도 아야노도 집에 찾아오지 않았는데……. 무슨 일 있나?

연락이나 해볼까…….

핸드폰을 꺼내서 아야노에게 메시지를 보냈다.

『여름 축제 말인데, 만나는 시간은 몇 시로 할래? 그리고 최근에 우리 집에 밥 먹으러 안 오는데 몸이라도 안 좋아?』

이렇게 송신…….

………….

………….

뭘까, 계속 읽지 않은 상태면 무시당한 건가 싶어서 불안해지는데…….

그러고 잠시 지난 뒤에 띠링, 하고 핸드폰이 울렸다.

오, 이제야 답장이 왔나…….

다행이다, 무시당한 게 아니라서…….

핸드폰으로 시선을 돌려 아야노가 보낸 메시지를 읽었다.

『살려줘.』

……응?

살려줘……?

그 말의 의미를 이해하기 전에 아야노의 메시지가 한 통 더 왔다.

『츠바키자카크라운호텔303.』

츠바키자카 크라운 호텔 303? 303이란 건 방 번호인가?

그건 그렇고 왜 띄어쓰기도 없이…….

그렇게 생각하다가 거기서 이게 아야노가 보내는 긴급 연락이라는 걸 이해했다.

서, 설마 아야노가 코하루에게 감금당해서 나에게 도움을 청하고 있다거나 한 건…….

상대는 류자키 츠쿠시를 부채질해서 미즈키를 습격하게 만드는 녀석이다……. 충분히 있을 법했다…….

『괜찮아? 무슨 일인데 그래. 상황을 자세히 알려줘.』

그렇게 메시지를 보냈지만 이후로 아야노의 답장은 없었다.

핸드폰을 압수당하기라도 한 건가……?

그렇다면 아야노가 나에게 도움을 청한 걸 상대에게 들켰을지도 모른다…….

무슨 일이 생기고 나서는 늦는다. 우선은 경찰에 연락해야…….

나는 경찰에 전화를 걸며 서둘러서 방을 뛰쳐나와 현관으로 향했다.

"……아, 여보세요?! 긴급 상황인데요! 친구인 여자애가 도움을 청하는 메시지를 보내서……. 예…… 예, 맞아요. 저는 지금 그 자리에 없어서 알 수 없는데 바로 츠바키자카 크라운 호텔 303호실로 가주시면 안 되나요? ……예, 잘 부탁드리겠습니다!"

다행이다……. 경찰도 바로 현장으로 가주려는 모양이다…….

아무튼 나도 서두르자!

전철로 향하는 것보다 차가 더 빨리 도착하리란 생각에 큰길에서 택시를 잡아 그대로 츠바키자카 크라운 호텔로 급행했다.

십수 분 뒤에 나를 태운 택시는 츠바키자카 크라운 호텔에서 한 블록 떨어진 위치에 있는 대로에 도착했고 바로 계산을 끝낸 나는 서둘러서 차에서 내렸다.

목적의 호텔은 여기서 좁은 골목을 지난 곳에 있었다.

아야노······. 제발 무사히 있어 줘······.

숨을 헐떡이며 한시라도 빨리 구하러 가기 위해 호텔로 달려갔다.

대로에서 골목을 빠져나가 조금 트인 장소에 도착하자 오래된 콘크리트 건물이 있었고 정면 입구에는 '츠바키자카 크라운 호텔' 이라고 적혀 있었다.

여긴가······. 아까 경찰에 전화했을 때 호텔에 연락해준다고 했었는데 소란이 일어나지는 않았는걸······.

경찰차는 보이지 않는데 경찰은 이미 와 있는 건가? 주차장은 건물 뒤에 있는 모양이니 확인할 시간은 없겠는데······.

좋아. 아무튼 호텔 직원에게 사정을 이야기하고 안에 들어가자····· 응?

막 호텔 안으로 들어가려고 했을 때 시야 끄트머리에서 무언가 가느다란 것이 흔들리고 있는 게 보였다.

방금 그건 뭐지······? 뭔가 끈 같은 게 허공에 보였는데······?

고개를 갸웃거리며 방금 무언가가 보였던 호텔의 벽면으로 조심스럽게 걸음을 옮겼다.

그곳에는 호텔의 주차장이 펼쳐져 있었는데 차 몇 대가 주차되어 있을 뿐 인기척은 없었다.

아무것도 없······지?

그렇게 주위를 둘러보다가 호텔 외벽에 천이 매달려 있는 것을 발견했다.

그건 자세히 보니 침대 시트인 듯했는데 끝자락이 몇 장씩 묶인 채 3층 창문에서 지면을 향해 늘어뜨려져 있었다.

이거 뭐지……?

조금 전에 보였던 끈 같은 게 이거였나?

그런데 왜 이런 게……?

상황을 파악하기 전에 그 끝이 늘어뜨려져 있는 3층 창문에서 불쑥 사람의 모습이 나타났다.

그건 놀랍게도 나에게 SOS 메시지를 보냈던 아야노 본인이었다.

아야노는 상하 추리닝 차림으로 창문에서 늘어트린 침대 시트를 양손과 허벅지로 단단히 붙들고 이쪽으로 주르륵 내려오기 시작했다.

"아, 아야노?!"

그 너무나도 현실감 없는 광경에 반사적으로 목소리를 높이자 필사적인 표정으로 침대 시트를 잡고 있던 아야노가 이쪽을 돌아보고 눈을 부릅떴다.

"코우타?! 왜 여기 있어?! ──응? 아."

내 모습을 보고 놀란 아야노는 그 순간 긴장이 풀렸는지 어떻게든 단단히 붙잡고 있던 침대 시트를 놓아버리고 말았다.

아야노가 나온 곳은 3층의 창문. 거기서 낙하하면 무사하지는 못한다.

"위험해!"

황급히 아야노가 낙하할 지점으로 달려가 호텔 주위에 심어져 있는 산울타리 쪽으로 두 손을 뻗으며 몸을 내던졌다.

아야노를 받아내려고 두 손을 뻗은 거였지만 돌연히 내 다리 힘이 숨겨진 재능을 발휘했는지 전방을 향해 좀 더 나아가고 말아서 아야노는 마침 내 등에 낙하하는 모양새가 되었다.

쿵.

"끄억?!"

"꺅?!"

한순간 시야가 새하얘지며 충격으로 입에서 저녁밥이 외출하려고 했지만 겨우 참아냈다. 대신 짓눌린 개구리 같은 소리가 입 밖으로 나왔지만 지금 상황에선 넘어가도록 하자.

"아야야……."

아야노는 그렇게 신음을 내다가 밑에 깔린 나를 깨닫고는 "어맛?!" 하고 놀라서 비켜섰다.

"코, 코우타 괜찮아?! 미, 미안! 설마 이런 곳에 있을 줄 몰라서!"

"으윽……. 괘, 괜찮은 것 같아……."

내 밑에 있는 산울타리가 쿠션이 되어줬는지 몸이 그렇게까지 아프지는 않으니 괜찮……은 거겠지?

뼈가 부러지지는 않았겠지? 정말로 괜찮은 거지?

아야노의 손을 빌려 산울타리에서 천천히 일어서자 그 자리만 미안할 정도로 움푹 파여 있었다.

으아……. 이거 나중에 혼나겠는데…….

"아야노도 다치진 않았어?"

"으, 응. 코우타가 받아준 덕분에……. 《꺄~! 코우가 나를 받아줬어! 멋져! 왕자님 같아!》"

기운 넘쳐 보여서 다행이네…….

"그런데 코우타가 왜 이런 데 있어?"

"왜 있겠냐……. 아야노가 그런 메시지를 보내서 서둘러 온 거잖아…….."

"어? 그럼 혹시 일부러 나를 위해서 여기까지 와줬다는 거야?"

"그거 말고 다른 이유가 있겠냐."

"아, 아~ 그렇구나. 《궁지에 몰린 나머지 나도 모르게 그런 메시지를 보내버렸는데 코우가 바로 와줬어! 어쩜 좋아! 너무 기뻐서 코피 나올 것 같아!》"

기뻐지면 코피 나오는 타입이었냐.

아니, 그보다 '궁지에 몰린 나머지'란 건 무슨 의미지?

"역시 코하루에게 감금당했었어?!"

"코하루……?"

"음……? ……아니야?"

"감금이라기보다는 연금이었어. 방에서 내보내 주지 않았거든. 코하루라는 사람은 모르겠는데?"

"연금?"

"응. ……실은 신작의 진척이 더뎌서 사이코 씨가 '진짜로 시간이 촉박하니까 호텔에서 통조림을 해서라도 쓰렴!' 하고 말했거든……. 그래서 일주일 정도 줄곧 여기에 틀어박혀서 신작을 쓰고 있었는데……. 뭐라고 할까…… 그게……. 글이 잘 써지지 않아서 말이야. 기분 전환으로 밖에 나가고 싶은데 사이코 씨가 줄곧 문 앞에 대기해서 곤란했거든……."

"신작 집필……? 통조림……? 그럼 위험한 사람에게 감금당한 게 아니었나……."

"위험한 사람이 뭐야……. 그런 짓 당한 적 없는데?"

아무래도 전부 내 오해였던 모양으로 코하루는 이번 일과는 상관이 없는 듯했다.

그 녀석이 류자키 츠쿠시를 부채질했던 전과가 있었던 탓에 모르는 사이에 의심에 빠져 있었던 모양이었다.

뭐가 되었든 아야노의 무사함에 가슴을 쓸어내리고 있으니 내 안도를 느꼈는지 아야노도 어딘가 부끄러워하는 것처럼 작게 미소 지었다.

"이, 이유는 어찌 되었든 구해주러 와준 건 감사하게 생각하고 있어. 고…… 고마워……."

"뭘 이런 걸 가지고……. 그래도 정말 다행이야. 아야노가 무사해서……."

"네 덕분이지. ……그래도 일주일 동안 호텔에 갇혀 있었더니 우울했던 건 사실이야……. 하아……. 아무 힘도 안 나……. 오락실 가고 싶어……."

오락실이 그렇게 좋았던 거냐.

"그런데 왜 그런 의미심장한 메시지를 보낸 거야. 좀 더 다른 표현도 있었을 것 아냐."

"……코우타에게 메시지를 보낸 기억은 있지만 왜 그렇게 보냈는지는 나도 모르겠어. 그때는 아무튼 호텔에서 나가고 싶은 마음만으로 가득했거든……."

완전히 노이로제잖아…….

누가 닥터 스톱 좀 해주지…….

"그래서 굳이 침대 시트를 묶어서 창문을 통해 도망친 거였냐……. 잘못했으면 크게 다쳤을지도 모르잖아. 다시는 그러지 마."

"응……. 미안해……. 《코우가 나를 걱정해주고 있어! 너무 좋아!》"

전혀 반성 안 했잖냐.

아무튼 사건이 아니어서 정말로 다행이다…….

………….

……응?

어라?

뭔가 중요한 걸 잊은 듯한…….

형용하기 힘든 찜찜함을 느끼면서도 그 정체에 고개를 갸웃거리고 있으니 갑자기 머리 위의 아야노가 연금되어 있었다는 3층의 창문에서 성난 목소리가 들려왔다.

"얘, 아야노! 너 설마 이걸로 거기까지 내려간 거야?! 위험하잖니! 무슨 생각으로 그랬어?!"

올려다보니 특징적인 붉은 안경을 쓴 정장 차림의 여성이 이쪽을 내려다보고 있었다.

아야노의 담당 편집자인 사이코 씨였다.

사이코 씨는 당황한 기색으로 이어서 말했다.

"그리고 아무리 내가 밖에 내보내 주지 않는다고 경찰까지 부를 건 없었잖니!"

어리둥절한 표정으로 아야노가 고개를 갸웃거렸다.

"경찰?"

"그래, 경찰! 지금 여기 와 있어! 아야노를 감금한 거 아니냐고 의심하고 있단 말이야! 그러니 빨리 사정 좀 설명해줘! 이대론 내가 체포될지도 몰라!"

아, 맞다…….

경찰에 신고했었지…….

사이코 씨는 어지간히 경찰에게 심문받는 게 무서웠는지 그 뒤에도 한동안 울상을 한 채 아야노에게 도움을 청했다.

"소란 피워서 죄송합니다……."

나와 사이코 씨, 그리고 헷갈리는 메시지를 보낸 아야노도 경찰관에게 깊이 머리를 숙여서 어떻게든 일을 조용히 수습했다.

참고로 호텔의 산울타리를 뭉갠 건도 저자세로 사과해서 용서받았다. 잘됐네, 잘됐어.

사이코 씨는 호텔 로비에서 하아, 하고 짧은 한숨을 내쉬며 머리를 부여잡았다.

"정말이지……. 한때는 어찌 되나 싶었는데 사정을 이해해준 모양이라 살았어……."

"뭔가 죄송합니다……. 제가 오해해버린 바람에……."

"코우타 군은 신경 안 써도 돼. 전부 아야노가 나쁘니까."

"어, 저요?!"

"당연하지! 그런 의미심장한 메시지를 보내기나 하고! 애초에 네가 도무지 신작을 쓰려고 하질 않으니까 여기에 가두게 된 거잖니!"

가둔 건 인정하는 건가…….

그건 괜찮다고 생각하는 걸 봐서 사이코 씨도 좀 이상한 사람인 게 아닐까…….

툴툴거리며 불평하던 사이코 씨는 "그래서? 얼마나 썼어?" 하고 아야노에게 물었다.

아야노는 껄끄러운 표정으로 눈을 피했다.

"바, 반 페이지 정도인가……?"

"반 페이지?! 한 페이지도 못 썼어?! 오늘 하루 동안?!"

"어, 어쩔 수 없잖아요! 전개가 하나도 안 떠오르는걸!"

"하아……. 지금 쓰고 있는 부분은 주인공과 히로인이 가전 양판점의 대형 냉동고 안에 갇히는 장면이었지?"

뭔 내용이지 그게.

왜 그렇게 된 건지 엄청 궁금한데.

애당초 왜 냉동고에 들어갈 생각을 한 거냐, 주인공과 히로인.

아야노는 눈살을 찌푸렸다.

"맞아요. 밀실에서 서로의 거리가 가까워져서 설레는 로맨스 씬이에요."

뭐? 개그 씬이 아니라?

사이코 씨는 납득한 것처럼 "그렇단 말이지……." 하고 고개를 끄덕인 뒤 내 쪽을 보면서 손으로 턱을 짚은 채 생각에 잠겼다.

《저번에 말한 걸로 봐서…… 코우타 군은 아야노의 남자친구가 아니었지. 하지만 아야노는 둘만 있을 땐 코우타 군의 이야기밖에 안 하고 핸드폰 대기 화면도 코우타 군의 사진이었어……. 백 퍼센트 짝사랑 중인 거야. 그렇다면 이걸 이용할 수밖에!》

훤히 들려오는 사이코 씨의 생각에 나는 황급히 두 사람에게서 등을 돌리며 호텔에서 나가려고 했다.

"그, 그럼 저는 이쯤에서 돌아갈게요! 안녕히 계세요!"

신속하고 냉정하게 그 자리를 피하려고 했지만 그 전에 내 어깨를 사이코 씨의 손이 손톱자국이 남을 정도로 꽉 붙들었다.

무, 무슨 악력이 이래?!

사이코 씨는 그대로 등 뒤에서 속삭이듯이 말했다.

"우후후. 코우타 군. 잠시 협력해줬으면 하는 게 있는데."

"내, 냉동고에 가두는 건 참아주세요……."

"걱정하지 말렴. 그런 곳에 가두지는 않을 테니까."

"후우……."

"널 가둘 곳은 아야노가 묵는 호텔 방이야."

"……예?"

이렇게 나는 아야노가 연금되어 있는 호텔 방에 강제로 갇히게 되었다.

23시가 지난 한밤중.

침대 옆에 설치된 간접 조명이 오렌지색 빛을 발하자 어두컴컴한 실내에는 어딘가 요사스러운 분위기가 감돌았다.

나는 그런 분위기 속에서 긴장하면서도 폭신폭신한 침대 위에 앉아 실내에 울리는 욕실의 물소리에 귀를 기울이고 있었다.

현재 벽 한 장 너머에서는 아야노가 샤워 중이었다.

때때로 기분 좋은 듯한 콧노래와 몸에 비누칠하는 소리가 들려올 때마다 나는 점점 더 안절부절못하며 이 자리에서 도망치고 싶은 충동에 휩싸였다.

바, 바로 옆에서 아야노가 아, 알몸으로…….

그러면 안 된다는 걸 아는데도 내 머릿속은 아야노의 망상으로 가득했다.

부드러운 살결을 따라 흐르는 하얀 거품. 물기를 머금은 기다란 검은 머리카락. 귀여운 목소리로 흥얼거리는 콧노래.

으아아아아아아!

젠장! 망상이 멈추질 않아!

하지만 어쩔 수 없잖아! 나도 사춘기라고!

사이코 씨에게 "오늘 밤은 아야노와 함께 있어 줘. 그러면 분명 소설의 뒤 내용을 쓸 수 있을 테니까!" 하는 말을 들은 뒤에 깨닫고 보니 정말로 여기에 갇혔다.

게다가 이번에는 도망치지 못하도록 바깥쪽에서 창문과 문에 못질까지 했다…….

사람이 그렇게까지 하나?

아니, 그 이전에 한창때 남녀를 밀실에 가둔다고?

그 사람도 머리가 이상해…….

백 퍼센트 사이코패스야…….

사이코 씨가 아니라 싸이코라고…….

끽, 하고 수도꼭지를 잠그는 소리가 나며 욕실 문이 열리는 기척이 이어졌다.

아무래도 샤워 타임은 끝난 모양이었다.

그러고 나서 잠시 뒤에 탈의실의 문이 드르륵 열리며 아야노가 모습을 드러냈다.

조금 전까지의 추리닝 차림이 아니라 새하얀 목욕 가운을 걸치고 있었다. 그 안에 속옷을 입었는지 어쨌는지 내가 알 방법은 없었다.

촉촉하게 물기를 머금은 검은 머리칼에 목욕 타월을 얹고 양손으로 문지르며 닦고 있다.

평소에는 볼 수 없는 무방비한 그 모습에 나도 모르게 넋을 놓고 있다가 눈이 마주친 아야노가 부끄러운 듯이 뺨을 부풀리며 "뭐." 하고 그때까지 머리카락을 닦고 있던 목욕 타월로 내 얼굴을 찰싹 때렸다.

딱히 아프지는 않았지만 그 순간 풍겨온 비누 냄새에 가슴이
뛰어서 반사적으로 눈을 내리깔았다.

"왜, 왜 때려."

"너무 보잖아!"

안 봤거든! 하고 변명할까도 생각했지만 이 이상 옥신각신하
다가 바다에 갔을 때도 아야노의 가슴을 뚫어지게 봤던 일을 다
시 끄집어낼까 봐 입을 다물었다.

끄으응, 하고 입술을 깨물고 있으니 옆자리에 털썩 앉은 아야
노가 목욕 타월을 머리에 얹은 채 말했다.

"……코우타도 샤워하고 오지그래?"

설마 살면서 이성에게 그런 말을 들을 줄은 생각도 못 해서 방
심하면 감동으로 눈물이 나올 것만 같았다.

감격한 나를 아랑곳하지 않고 아야노는 내 어깨로 손을 뻗어
서 달라붙어 있었던 걸로 보이는 잎사귀를 집어 들었다.

"이거 봐. 빨리 샤워하고 와. 그런 곳에 파묻힌 바람에 나도 코
우타도 풀물에 잎사귀 같은 게 붙어서 더러워졌으니까."

얘는 왜 이렇게 침착한 거지?

아무리 옷이 더러워졌다고 해도 같은 방 안에 있으면서 샤워
까지 하다니 부끄럽지도 않은 건가……?

한순간 그런 의문이 떠올랐지만 그건 아야노의 속마음을 듣고

금방 해결되었다.

"《코우의 목욕 가운 모습을 보고 싶어! 하아하아. 같은 방 안에서 코우와 하룻밤을 함께 지내다니! 크으으으! 어쩜 좋지?! 아, 맞다. 이 감동을 수첩에 적어놔야지!》"

그 망상 일기 아직도 적고 있는 거냐…….

아야노 이 녀석……. 흥분으로 부끄러움이 사라져 버렸잖아…….

하여간 아야노는 그런 구석이 있단 말이지. 고치는 편이 좋다고.

"그, 그럼 나도 샤워하고 올게. ……그리고 슬슬 불 좀 켜자. 왜 간접 조명만 켜둔 거야."

"어? 그치만 분위기는 중요하잖아."

뭔 분위기 말이냐, 뭔 분위기.

얘 안 되겠다……. 흥분한 나머지 자기가 무슨 소릴 하는지도 모르고 있어…….

하아……. 이런 상태의 아야노와 하룻밤을 보내야 한다니 사이코 씨도 무리한 요구를 한다니까…….

이렇게 된 거 후딱 샤워하고 잘 수밖에 없겠는걸.

응. 그렇게 하자.

"그럼 나도 씻을 테니까. ……엿보지 마라?"

"무, 뭐?! 여여여엿, 엿볼 리가 없잖아! 코코코, 코우타도 차암! 사, 사람 놀라게!"

아니, 그런 정곡을 찔린 듯한 반응을 보이면 내가 더 곤란한데…….

진짜로 엿볼 생각은 아니었겠지…….

의심스러운 눈으로 보자 아야노는 노골적으로 시치미를 떼듯 휘파람을 불며 시선을 피했다.

역시 엿볼 생각이었나…….

밤마다 멋대로 보조 열쇠 써서 내 방에 침입하는 녀석다웠다. 선 넘는 짓을 대수롭지 않게 한다.

나는 재차 "엿보지 마라?" 하고 신신당부한 뒤에 그대로 샤워하러 들어갔다.

옷을 벗고 욕실로 후딱 들어가자 조금 전까지 아야노가 이용했던 탓인지 타일이 젖어 있어서 그 묘하게 생생히 느껴지는 아야노의 흔적에 긴장했다.

조금 전까지 여기에 아야노가 알몸으로 있었단 말이지…….

………….

헉?! 안 되지, 안 돼. 쓸데없는 생각을 하면 나중에 또 눈을 마주치기 힘들어진다고!

망상을 털어내고 바로 수도꼭지로 손을 뻗었다.

……하지만 내 잡념을 부채질하는 것처럼 밖에서 아야노의 속마음이 들려왔다.

"《코우가…… 나랑 단둘만 있는 호텔 방에서 샤워를 하고 있어!》"

무시하자……. 무시…….

"《으흐흐. 이 너머에 알몸의 코우가…….》"

안 들린다……. 아무것도 안 들린다…….

"《아아아아! 못 참겠어! 실수한 척하고 들어가 버릴까?! 코우는 둔감하니까 일부러 그랬다는 걸 들킬 일은 없을 것 같은데!》"

뭘 어떻게 실수할 셈이냐?!

아, 정말! 집중을 못 하겠잖아!

나는 후딱 몸의 거품을 씻어낸 뒤 욕실에서 탈의실로 바로 튀어나왔다.

몸의 물기를 닦아내고 먼저 준비해뒀던 목욕 가운으로 갈아입은 뒤 힘차게 탈의실의 문을 열자 그곳에는 문틈으로 안을 엿볼지 말지 고민하고 있던 아야노가 엉거주춤한 자세로 멀뚱히 서 있었다.

내가 갑자기 문을 연 탓에 아야노는 도망칠 타이밍을 놓친 채 누가 봐도 수상해 보이는 자세로 굳어버리고 말았다.

아야노는 그 자세 그대로 잠시 핏기가 가신 얼굴로 놀란 표정을 짓고 있었지만 곧바로 평소처럼 나를 쏘아보며 철면피 같이 말했다.

"잠깐 거기 세면대에서 이 좀 닦으려고 했을 뿐이야. 착각하지 마! 《위험해라! 방금 들어갔으면 코우와 맞닥트렸을 거야! 양심의 가책을 느끼고 문 앞에서 망설인 덕분에 살았어.》"

양심은커녕 흑심뿐이잖습니까…….

아니, 요새 여고생들은 다 이래?

진짜 싫다…….

잘 얼버무렸다는 듯이 가슴을 편 아야노는 발길을 돌리더니 침대 위에 털썩 앉았다. 이 닦는다며.

방의 한구석에는 책상이 하나 놓여 있는데 그 위에는 노트북이 전원이 켜진 채로 펴져 있었다.

아무래도 화면에 표시되어있는 게 집필 중인 소설인 듯했다.

"뒷내용 안 써도 돼? 사이코 씨에게 또 한 소리 들을 텐데."

"어쩔 수 없잖아. 쓰고 싶어도 못 쓰겠는걸."

"슬럼프란 건가……."

"그런 거창한 건 아니야. 그냥 영 의욕이 안 날 뿐이라……. 《소설을 쓰고 있으면 뼈저리게 느끼니까……. 엄마가 얼마나 천재인지를…….》"

아야노가 지금도 소설을 쓰고 있는 이유는 자신의 어머니이자 소설가인 카이도 이치카보다도 재미있는 소설을 쓰기 위해서 라고 저번에 많은 사람이 보고 있는 사인회에서 말했었다.

분명 그때 자신이 한 말이 '족쇄' 가 되어 아야노를 힘들게 하는 거겠지.

아야노 옆에 나란히 앉아서 미즈키에게 들었던 옛날이야기를 떠올리며 입을 열었다.

"그러고 보니 여름 축제 날에는 몇 시에 만날래? 이 상태론 여름 방학 마지막 날까지 호텔에서 글이나 써야 하려나?"

아야노가 당황해서 말했다.

"그, 그건 절대 싫어!"

그렇게 목소리를 높이다가 큰 소리를 낸 스스로에게 놀라서 부끄러운 듯이 목소리를 낮췄다.

"……그, 그게, 나 축제 좋아하잖아. 그때까지 소설 쪽은 어떻게든 할 테니까……. 《모처럼 코우와 축제에 가는 건데……. 함께 추억을 만들고 싶은걸…….》"

"그러고 보니 그 이야기 기억해?"

"그 이야기?"

"그 왜, 미즈키가 이야기해줬었잖아. 옛날에 서로 남모르게 좋아하던 남녀가 있었는데 남자 쪽에 혼담이 왔다가 결국 천녀가 나타나서 둘이 맺어졌다는 이야기."

"아~ 그 소꿉친구 이야기 말이지?"

그 부분은 딱히 강조 안 해도 된다만.

"그, 그래, 그거."

"그 이야기가 왜?"

결국 아야노가 지금 글을 못 쓰게 된 진정한 원인은 스스로 짊어진 어머니를 넘어서야만 한다는 '족쇄'였다.

그렇다면 등을 살짝 밀어주는 것만으로도 아야노는 다시 소설을 쓸 수 있게 될 터였다.

그래서 나는 진심을 담은 말로 아야노의 등을 밀어주기로 했다.

"난 그런 옛날이야기보다 아야노가 쓴 소설이 백 배는 더 재미

있다고 생각해."

아야노는 어떻게 반응하면 좋을지 모르겠는지 눈을 동그랗게 떴지만 나는 개의치 않고 말을 이었다.
"내가 지금까지 읽어본 그 어떤 소설보다도, 만화보다도, 아야노가 쓴 소설이 가장 재미있었어. 그러니까 또 신작이 완성되면 나에게도 보여줘. 우타니 선생님."
그렇게 말하자 아야노는 조금 당혹스러운 듯이 물었다.

"……코우타는 어째서 언제나 나를 응원해주는 거야?"

나는 소설에 대해선 아무것도 모른다.
그렇지만 분명하게 말할 수 있는 게 한 가지 있었다.

"──나는 우타니 타케코의 첫 번째 팬이잖아."

아야노는 부끄러워하면서도 기쁜 듯이 미소 지으며 크게 고개를 끄덕였다.
"응! 고마워, 코우타!"

심야.

타닥타닥, 하고 노트북 키보드를 치는 소리에 잠에서 깼다.

아무래도 어느 사이엔가 잠들어버린 모양이었다.

침대 위에서 몸을 돌려 소리가 나는 노트북 쪽을 보니 정신없이 소설을 써 내려가고 있는 아야노의 뒷모습이 있었다.

말을 걸어서 방해하는 것도 미안했기에 마음속으로 힘내라고 속삭인 뒤에 다시 눈을 감았다.

창문에 비쳐 드는 아침 햇살에 눈을 떠보니 책상 위에 엎드려 잠들어 있는 아야노가 보였다.

화면에 비친 쓰다만 소설로 보아 어제보다 진척이 많이 된 듯했다.

"아야노는 대단하네."

똑같이 고등학생인데 이미 심혈을 쏟으며 소설가의 길을 걸어가고 있는 아야노가 그저 존경스러웠다.

그래도 침대에서 안 자면 감기 걸릴 거라고.

아야노를 깨우지 않도록 이불을 덮어주려고 했을 때 목욕 가운의 가슴께가 벌어져 속살이 상당히 드러난 그 무방비한 모습에 나도 모르게 넋이 나갈 뻔했지만, 겨우겨우 눈을 돌리며 이불을 덮어줬다.

"그럼 아야노. 힘내."

목욕 가운에서 옷으로 갈아입은 뒤 그렇게 작게 속삭이고 나서 호텔을 뒤로했다.

그 이후로 일단 집에 돌아가서 풀물로 더러워진 옷을 세탁기에 집어넣고 청결한 옷으로 새로 갈아입은 뒤에 줄곧 냉동해뒀던 저번에 산 생선 선물을 들고 카구라네코 신사로 향했다.

카구라네코 신사의 기둥문을 지나자마자 간드러진 울음소리를 내며 뱌쿠야가 내 가슴으로 뛰어들었다.

"오, 뱌쿠야. 잘 있었어?"

"야옹!"

"그래그래. 잘 있었나 보네."

머리를 쓰다듬어주고 있다가 팔에 걸어둔 선물이 든 비닐봉지가 묵직해져서 그쪽을 보니 네코히메 님이 비닐봉지에 머리를 처박고 있었다.

이 신은 인사도 안 하고 선물부터 챙기는 거냐…….

뱌쿠야 쪽이 더 예의를 차리잖아…….

"네코히메 님 좀……. 그렇게 욕심부리지 않아도 드릴 테니까……. 그리고 아직 생선이 냉동된 상태라——."

못 먹는다고 말을 이으려고 했지만 얼굴을 번쩍 든 네코히메 님이 냉동된 생선을 기쁜 표정으로 미어지게 먹고 있어서 그만뒀다.

"오호! 차갑게 식힌 생선이라니 너도 꽤 눈치가 있지 않으냐!

으적으적……. 음~! 차가운 게 맛있구나! 더운 여름에 아주 제격이야!"

그 생선 아직 꽁꽁 얼어있는 건데…….

그걸 아무렇지도 않게 먹다니…….

여, 역시 신이라고 할까, 대단한데…….

……아니, 딱히 대단하지는 않나.

굳이 따지자면 신치고는 쓸데없는 특기였다.

응. 역시 앞으로도 네코히메 님을 존경할 생각은 하질 말자.

"음? 무어냐? 뭔가 무례한 생각을 하고 있지 않으냐?"

"아뇨, 그럴 리가요! 제가 지금까지 네코히메 님에게 무례한 태도를 취한 적이 한 번이라도 있었나요?!"

"넌 언제나 무례하지 않으냐!"

돌연히 뻗어온 꼬리에 머리를 찰싹 얻어맞았다.

그 꼬리에 그런 사용법이 있었던 건가…….

"네코히메 님은 캣푸드 같은 것도 드세요?"

"뭐시라?"

앗. 화나셨나?

"죄, 죄송——."

"당연히 먹고말고! 나를 무어라 생각하는 게냐!"

신이라고 생각합니다만.

신답게 좀 처신해주세요, 제발.

"……그럼 다음에 사 올게요."

"므흐흐. 바람직한 마음가짐이로구나. 칭찬해주마."

예상과는 달리 냉동 생선이 마음에 들었는지 네코히메 님은 그 뒤에도 기분 좋은 태도로 생선을 으적으적 씹어먹었다.

　생선이 뼈와 머리만 남았을 때쯤에 네코히메 님이 물어보았다.

　"그런데 오늘은 뭔가 나에게 부탁이 있는 게 아니더냐?"

　"응? 어떻게 아셨어요?"

　"너와도 꽤 오래 알고 지냈으니까 말이다. 속마음이 들리지 않더라도 얼굴을 보면 대충 짐작이 간다."

　대단해…….

　생선 뼈다귀를 씹으며 말하는 게 아니었다면 순순히 감탄했을 텐데…….

　"실은 말이죠, 두 가지 정도 부탁드리고 싶은 게 있어서요."

　"흠. 말해보거라. 남는 시간에 해줄 수 있는 부탁이라면 뭐든지 들어주마."

　좀 더 전력을 내시라고요!

　"그…… 평소에 제 모습을 녹화하는 수정구 있잖아요. 녹화한 걸 돌려보고 싶은데 괜찮을까요?"

　"좋다. 뱌쿠야여, 가지고 오너라."

　네코히메 님의 명령을 받고 그때까지 내 품 안에서 그릉그릉하고 있던 뱌쿠야가 배전으로 총총히 달려가더니 두 앞발로 재주 좋게 수정구를 굴리며 가져왔다.

　여전히 재주가 좋은걸…….

　"그래서 무슨 영상을 보고 싶은 게냐?"

"류자키 츠쿠시가 찍힌 장면을 전부 부탁드릴게요."

"알았다."

수정구 속에 류자키 츠쿠시와 관련된 영상이 잇따라 떠올랐다.

아무래도 현재 시점에서부터 되감고 있는 건지 영상의 시계열은 시간의 경과에 따라 과거로 돌아가고 있었다.

그중에서 어떤 장면을 본 나는 순간적으로 목소리를 높였다.

"아! 방금 거기서 멈춰주세요!"

"여기 말이냐?"

찍혀 있는 건 류자키 츠쿠시가 처음으로 아야노에게 적의를 가졌던 그 영화관에서의 장면이었다.

거기에는 이쪽을 빤히 노려보고 있는 류자키 츠쿠시의 조금 뒤에서 꺼림칙한 웃음을 짓고 있는 도묘지 코하루의 모습이 있었다.

이 타이밍에서 우연히 영화관에 있었다고 생각하기는 힘들었다.

그렇다면 역시 정말로 코하루가 뒤에서 손을 써서 류자키 츠쿠시를 부채질한 거겠지.

결과적으로 그 작전은 실패로 끝났지만 미즈키와 아야노를 위험에 빠트렸다는 사실에는 변함이 없었다.

네코히메 님은 찍혀 있는 코하루와 나를 번갈아 보며 말했다.

"그래서 이제부터 어쩔 생각이냐? 상대는 수작을 부릴 생각으로 가득한 게지?"

"예. 그래서 이쪽도 전력으로 상대하려고요."

"흠. 너무 무리하지는 말거라. ……그래서 부탁할 게 두 가지가 있다고 했었는데 나머지 하나는 무엇이냐?"

"뱌쿠야를 잠시 빌려주셨으면 해서요."

"뭐라? 왜냐? ……헉! 호, 혹시 뱌쿠야의 털을 쓰다듬지 않으면 잠들지 못하게 된 것이냐?! 설마 그렇게까지 힘겨워하고 있었다니……. 안심하거라! 내 털로 치유해주마! 자자! 쓰다듬거라!"

"아, 아니, 머리 비벼대지 마세요! 복슬복슬해서 곤란하다고요!"

"아하하! 어떠냐, 이 복슬복슬한 털이!"

머리를 비벼대는 네코히메 님을 옆으로 치운 뒤 무릎을 꿇고 얌전히 앉아있던 뱌쿠야에게 물어보았다.

"뱌쿠야. 네가 해줬으면 하는 일이 있는데 부탁할 수 있을까?"

"야옹!"

"좋아. 그러면 부탁할 내용이 말인데——."

그렇게 부탁할 내용을 전부 말하자 뱌쿠야는 바로 신사를 뛰쳐나가 거리로 향했다.

"부탁할게, 뱌쿠야."

제4장 『야옹야옹 랜드』

여름 방학도 끝자락에 이르러 엔딩 본 게임을 한 번 더 플레이할지 어쩔지 고민할 정도로 시간을 주체하지 못하게 되었을 무렵에 돌연히 핸드폰으로 연락이 왔다.

미즈키인가. 이런 아침 댓바람부터 무슨 일이지?

설마 또 파티에 오라는 건 아니겠지…….

살짝 의심병이 도진 채 전화를 받아보니 수화기에서 발랄한 미즈키의 목소리가 날아들어 왔다.

『아! 코우타! 좋은 아침!』

"그래. 좋은 아침. 뭐야, 아침부터 기분 좋아 보이네?"

『에헤헤~. 실은 그래~.』

뜸 들이는 기색으로 미즈키가 말을 이었다.

『그래서 있잖아, 코우타 오늘 한가해?』

"응? 어. 요샌 계속 한가했어. 게임도 엔딩을 봐버렸고……. 할 게 아무것도 없어."

『그렇구나! 그럼 벌써 여름 방학 숙제도 끝냈나 보네?』

"아니, 그건 아직인데."

『……그럼 한가한 게 아니잖아.』

"잘 들어, 미즈키. 반드시 해야 하는 일은 하고 싶은 일이 아니라고."

『반드시 해야 하는 일이라면 빨리 끝내버리자…….』

그런 정론은 안 들립니다.

"그보다도 나한테 무슨 볼일 있는 거 아니야? 놀자는 거면 쏜살같이 달려가마."

『코우타가 한가해서 다행이야.』

"시끄럽고."

『그럼 어디 가는지는 만난 뒤에 알려줄 테니 기대해.』

"왜 굳이 비밀로……. 설마 또 이상한 파티에 데려가려는 건 아니겠지?"

『아하하! 그건 아니고 더 즐거운 곳이야!』

"즐거운 곳? 어딘데?"

『후후후~. 비밀~.』

잉. 뭐냐, 그 의미심장한 웃음은. 무진장 귀엽다만.

『전철 타고 갈 거니까 한 시간 뒤에 역에서 만나 같이 가자.』

"그래."

『아, 맞다. 코우타, 유메미가사키 양이랑 연락돼? 내가 메시지를 보내도 읽지도 않더라고. 괜찮으면 코우타가 유메미가사키 양도 불러줄래?』

아……. 아야노는 그 뒤로 또 호텔에서 통조림 상태가 되었는지 우리 집에도 전혀 안 온단 말이지…….

아마 오늘도 무리일 것 같지만 혹시 모르니 일단 연락해 볼까.

"해보긴 할 텐데 걔 요새 바쁜 모양이라 올 수 있을지는 몰라."

『그래? 아쉽네……. 그럼 이따가 보자!』

"그려."

전화를 끊고 바로 아야노에게 메시지를 보내 봤지만 미즈키가 말한 대로 잠시 기다려 봐도 확인조차 안 했다.

결국 핸드폰도 압수된 건가?

뭐, 아야노는 사이코 씨가 지켜보고 있을 테니 문제는 없겠지.

집을 나서기 직전까지 아야노의 답장을 기다려 봤지만 결국 답장이 없어서 나는 그대로 혼자 약속 장소로 향했다.

◇ ◇ ◇

"미즈키는 어디 있으려나."

약속한 역의 플랫폼에 도착해보니 이용객이 그런대로 많이 오가고 있었다.

학생 대부분이 여름 방학이더라도 양복을 입은 회사원과 주부로 보이는 사람, 그리고 가족 단위 일행으로 많이 북적였다.

당연히 그에 따라 속마음도 잇따라 귀에 들어왔다.

《아, 졸려.》"《빨리 안 가면 놓치겠어!》"《시댁 가기 싫다…….》"《배고픈데…….》"《아빠 너무 느려!》"《하기 강습은 내일이었나?》"《빨리 겨울 안 오려나.》"

대부분 그런 평범한 생각들이었다.

　속마음이 들리기 시작했을 무렵에는 이렇게 한 번에 많이 들리면 몸이 안 좋아지기도 했었는데.

　지금은 이렇게 많은 속마음이 들려와도 전혀 문제없었다.

　나도 성장했단 말이지.

　《아! 코우타다!》

　응? 방금 속마음은 미즈키인가? 이제 왔나 보네.

　《후후후. 아직 이쪽을 깨닫지 못한 모양이네……. 뒤에서 '누구게~' 해서 놀라게 해야지!》

　……흠.

　그래, 좋아. 와라!

　나는 일부러 미즈키의 속마음이 들려온 뒤쪽을 돌아보지 않고 그대로 서 있기로 했다.

　왜냐하면 미즈키의 '누구게~'를 마음껏 즐기기 위해서였다.

　미동도 하지 않고 정면을 보고 있으니 슬그머니 등 뒤에 다가온 미즈키가 "에잇." 하고 나에게 달려들며 양손으로 눈을 가렸다.

　"누구게~!"

　천사지? 안 봐도 안다.

……하고 말하지는 않고 나는 놀란 척 대답했다.

"응?! 갑자기 뭐야?! 어? 호, 혹시 미즈키?"

"우후후~. 정답~!"

미즈키가 손을 치우며 그렇게 귓가에 속삭여서 힐끗 뒤를 확인해보니 즐거운 표정의 미즈키가 이쪽을 들여다보고 있었다.

그렇게 딱 붙어있었냐! 아니, 그보다 귀여워!

미즈키는 몸매가 드러나지 않도록 낙낙한 셔츠와 반바지를 입고 있었지만 역시 진짜 성별을 알고 있는 나에겐 활발한 여자로밖에 보이지 않아서 귀엽기만 했다.

"코우타, 놀랐지? 이렇게 간단히 뒤를 내주면 안 되지~. 내가 암살자가 아니라 다행이었네?"

"그, 그러게……. 다행이었네……."

나도 모르게 미즈키의 귀여움에 홀려서 말을 더듬고 있으니 미즈키가 고개를 갸우뚱거렸다.

"응? 왜 그래?"

흐아아아아! 귀여워어어어!

"아, 아니, 그냥……."

그 넘칠듯한 귀여움에 입꼬리가 올라가려는 것을 참았다.

"그, 그래서 오늘은 어디 가는데?"

"그게 있지……."

미즈키는 등에 메고 있던 가방에 손을 넣더니 "짜잔!" 하고 효과음을 내며 티켓 세 장을 꺼냈다.

"놀이공원 티켓이야! 누나한테 받았어!"

"혹시 최근에 생긴 엄청 인기 많은 거기야?"

"맞아! '야옹야옹 랜드'의 티켓이야!"

야옹야옹 랜드란 다양한 시설을 갖춘 놀이공원의 이름으로, 열리고 얼마 안 된 것도 있어서인지 최근에는 빈번히 광고를 해댔다.

"오! 최곤데?! 질릴 정도로 광고해대는 그 야옹야옹 랜드지?! 한 번쯤 가고 싶었어!"

"맞아맞아! 그 질릴 정도로 광고해대는 야옹야옹 랜드야!"

"제트코스터 타자! 제트코스터!"

"좋지~!"

"4D 놀이기구도 타자! 그 냄새도 난다는 놀이기구 말이야!"

"물에 흠뻑 젖겠네!"

"그리고 달콤한 추로스 먹으며 퍼레이드도 보자!"

"와아~!"

그렇게 우리의 흥분이 최고조에 달했을 때 띠링, 하고 핸드폰에 아야노가 보낸 메시지가 왔다.

『죽을 것 같아. 아직도 안 끝나. 여긴 지옥이야…… 다 못 쓰면 못 나가…… 사이코 씨가 나를 놔주지 않아……. 그래도 어떻게든 틈을 봐서 반드시 갈 테니까 어디 가는지 장소는 보내 줘.』

이 분위기의 격차란…….

지금부터 놀이공원 가서 신나게 놀자는 이야기를 하는데 왜 그렇게 칙칙한 거냐…….

아직 슬럼프……인 건 아니겠지. 아마 단순히 쓰는 게 더딘 것 뿐일 것이다.

핸드폰을 확인하는 나에게 미즈키가 물었다.

"혹시 유메미가사키 양에게 답장 온 거야?"

"어……. 본인은 도중에 참가할 생각으로 가득한 것 같은데 이 분위기로 봐서는 어떻게 될지 모르겠는걸."

"그렇구나. 오면 좋겠네!"

"그러게……."

뭐, 아야노에게는 미안하지만 오늘은 마음껏 즐기도록 할까.

전철을 갈아타며 교외에 있는 야옹야옹 랜드에서 가장 가까운 역에 도착하니 그곳은 이미 가족 단위 일행과 커플로 가득했다.

"역시 인기가 엄청 많네."

"여름 방학인 데다가 아직 생기고 얼마 안 됐으니까."

"이 분위기로 봐선 놀이기구는 서너 개 정도 타면 많이 탄 편이겠는데."

"오래 기다려야 할 것 같지?《그래도 난 코우타와 함께 있을 수만 있으면 그걸로 충분하니 별로 신경 안 쓰이지만.》"

느, 느닷없이 놀랄 소리 하지 마라…….

심장에 안 좋다고…….

두근두근 크게 뛰는 심장을 진정시키며 주변의 사람들과 함께 역에서 야옹야옹 랜드로 향했다.

역을 나오자 바로 시야 가득히 놀이공원의 부지가 펼쳐졌다.

하늘에서 어지럽게 구불거리는 제트코스터. 그리고 거기서 들려오는 비명.

빙산을 본뜬 거대한 구조물에서는 급류 타기의 폭포가 거의 직각으로 떨어져 내렸고 그 너머에는 요즘 인기인 국민 애니와 협업한 캐릭터의 풍선이 떠 있었다.

미즈키가 흥분한 기색으로 그것들을 가리켰다.

"저기 봐 봐, 코우타! 제트코스터가 엄청 구불거려!"

어린애처럼 신이 난 미즈키를 보고 있으니 왠지 나까지 즐거워지기 시작했다.

"그러게. 저건 반드시 타야겠어."

"그치~? 아~ 재밌겠다!"

그대로 야옹야옹 랜드의 입구까지 가자 정면 위에 거대한 고양이의 간판이 걸려 있었다. 아무래도 이 고양이 캐릭터가 이곳의 메인 마스코트 캐릭터인 모양이었다.

문득 도중에 참가한다고 했던 아야노가 생각났다.

일단 야옹야옹 랜드에 간다고 전해두기는 했는데 정말로 올 수는 있는 건가?

확실히 해두기 위해서 재차 아야노에게 『혹시 도착하면 들어오기 전에 연락해 줘. 티켓 주러 갈 테니까.』 하고 메시지를 보내두었다.

뭐, 내가 할 수 있는 건 이 정도뿐인가.

핸드폰으로 메시지를 보내자마자 미즈키가 냉큼 손을 잡아끌어서 황급히 시선을 앞으로 돌렸다.

"야, 야야, 위험하잖아."

넘어질 뻔한 나를 미즈키가 손을 잡고 앞을 걸어가며 돌아보았다.

"자, 가자! 코우타!"

아…… 너무 귀여워서 뭔가 호흡이 멎을 뻔했다.

이게 진짜 나랑 똑같은 인간의 귀여움이 맞나?

조만간 후광 같은 게 비치지 않을까?

◇ ◇ ◇

『현재 야옹 제트코스터는 두 시간의 대기 시간이 있습니다.』

가장 붐빌 듯한 제트코스터 앞까지 와보니 그런 간판이 세워져 있었다.

평소 같았으면 두 시간 기다리는 줄에 설 생각조차 안 하겠지만 그게 제트코스터쯤 되면 두 시간 정도는 어쩔 수 없지, 하는 생각이 드는 게 신기했다.

"어쩔래? 두 시간이라는데."

"뭐, 두 시간 정도는 기다려야겠지~. 찾아보니까 네 시간 기다리는 날도 있었다고 하니까 할 수 없지."

"그럼 줄 설까."

"응."

그대로 멍하니 줄을 서며 여름 방학 숙제 이야기나 혈액형 점의 신빙성 같은 이야기를 나눴다.

그래도 아직 한 시간은 더 기다려야겠다 싶어서 하품을 하고 있으니 갑자기 등에 쿡, 하고 간질간질한 감촉이 내달렸다.

"흐악?!"

그 간질간질한 느낌에 나도 모르게 깜짝 놀란 목소리를 내니 어느 사이엔가 등 뒤로 갔던 미즈키가 쿡쿡거리며 웃었다.

"아니, 코우타. 방금 목소리 뭐야~. 흐악, 이라니. 아하하."

"뭐, 뭐야……. 너 방금 등 만졌지?"

"만졌어."

미즈키가 검지를 똑바로 세워 보였다.

아무래도 손가락으로 내 등을 매만진 모양이었다.

"하지 마. 나 간지럼에 약하다고……."

"기다리는 동안 심심하니까 그걸 할까 했지."

"그거?"

"그거 있잖아. 등에 글자 써서 뭐라 썼는지 맞히는 게임."

"아……. 그거……."

근데 그걸 왜 지금 여기서 하는 거냐…….

내가 항의하기도 전에 미즈키가 "그럼 시작한다?" 하고 재차 내 등에 손가락을 살짝 대고는 종횡무진으로 움직여 나갔다.

일단은 게임이라니까 어울려줄까 해서 미즈키가 뭐라고 썼는지 맞히려고 노력했지만 미즈키의 손가락이 등을 매만질 때마다 오싹거리며 간지러워져서 참지 못하고 입 밖으로 소리를 냈다.

"흐……. 흐흐……. 흐아…… 흐…….."

"아하하! 코우타 간지러워?"

"가, 간지럽긴…… 흡?!"

"아하, 여기가 약하구나?"

"아하하! 자, 잠깐, 미즈키! 겨드랑이는 반칙이지!"

"미안미안. 그래서 뭐라고 썼는지 알겠어?"

"알 리가 있겠냐! ……아니, 진짜 글자 쓴 건 맞아?"

"뭐어? 제대로 썼어~."

장난스럽게 미소 짓는 미즈키의 속마음이 내 귀에 또렷이 들려왔다.

《오늘은 데이트네, 하고 썼어.》

지금 이 순간을 미즈키가 데이트로 인식하고 있다는 걸 듣자마자 괜히 의식이 되어서 부끄러워진 나머지 고개를 돌렸다.

그런 내 동요를 모른 채 미즈키가 말을 이었다.

"한 번 더 써줄까?"

"돼, 됐어…….."

"그럼 다음은 코우타 차례야!"

"……뭐?"

"반응이 왜 그래. 이번에는 코우타가 내 등에 글자를 써야지."

"내가? 미즈키 등에?"

"그렇다니까! 자, 써 봐! 나는 간지럼을 잘 참으니까 어려운 내용을 써도 누워서 떡 먹기야!"

자, 하고 미즈키가 자신만만하게 등을 이쪽으로 돌렸다.

아니, 정말로 해도 되는 거야? 손가락 정도는 닿아도 세이프인가?

그, 그래도 이 놀이는 초등학생 때는 남녀를 가리지 않고 했었으니 내가 지나치게 의식하는 거겠지……?

"조, 좋아. 그럼 한다……? 진짜로 한다? 해도 되는 거지?"

"빨리 써 봐!"

"그, 그럼…… 실례합니다……."

그렇게 미즈키의 등에 글자를 쓰려고 했을 때 내 뒤에 서 있던 다른 이용객과 등이 부딪쳤다.

"아, 죄송합니다!"

사과받기는 했지만 내가 똑바로 뻗었던 손가락이 엉뚱한 곳으로 비껴가서 미즈키의 목덜미를 스윽, 하고 매만지고 말았다.

그 순간 미즈키가 흠칫하고 등을 펴며 "으응!" 하고 교성 섞인 목소리를 그런대로 큰 음량으로 내버렸다.

자신도 의도하지 않은 그 교성에 미즈키는 손으로 입을 덥석 가리며 얼굴을 새빨갛게 물들이다가 나를 흘겨보았다.

"코, 코우타~!"

"아, 아니, 방금 그건 일부러 그런 게 아니라——."

"일부러 그런 게 아니면 뭔데! 목덜미는 반칙이지!"

"미, 미안! 설마 미즈키의 약점이 목덜미일 줄은 몰랐어!"

"약점이라고 하지 마!"

어지간히 부끄러웠는지 미즈키는 드물게 머리에서 김이 피어오를 듯한 얼굴로 만져진 목덜미를 손으로 누르고 있었다.

"미, 미안하다니까……."

"정말이지……."

나에게 등을 돌린 미즈키의 속마음이 들려왔다.

"《아, 부끄러워라! 엄청 큰 소리 내버렸어! 그치만 코우타가 갑자기 목덜미 같은 데를 만지니까……. 하아아아아……. 아직 한참을 기다려야 하는데 주위 사람들이 분명 이상한 사람이라고 생각했을 거야……. …………그런데 목덜미는 의외로 오싹오싹해지는구나. 호, 혹시 서, 서, 성감대란 걸까……? 으아, 더 부끄러워졌어!》"

그…… 뭐냐…… 진짜로 미안!

◇ ◇ ◇

"엄청 재밌었지, 제트코스터?!"

목덜미 일로 좀 뽀로통해져 있던 미즈키였지만 제트코스터 덕분에 눈 깜짝할 사이에 기분을 풀어줬다.

"그러게. 진짜 장난 아니었어……. 나 한 번도 안전대에서 손을 못 놨어……."

"아하하~. 안전대가 있으니까 괜찮은데 말이지."

"난 그런 건 안 믿어."

"안전대를 못 믿으면서 왜 제트코스터를 탄 거야……."

제트코스터는 오랜만에 타니 꽤 무서운걸…….

큭. 아직도 다리가 떨려온다…….

내 다리야 진정해라.

"코우타, 여기 봐 봐~."

미즈키가 불러서 시선을 돌려보니 머리 위에 고양이 귀를 단 채 포즈를 취하고 있었다.

"귀여워……."

"어?! 정말?! ——아니, 나, 난 남자거든?! 귀엽다고 해도 곤란한데!"

아, 아차…….

지나친 귀여움에 그만 본심이 나오고 말았다…….

"그 고양이 귀, 달고 다니는 사람이 꽤 보이는데."

"응, 이왕이면 코우타도 사서 같이 하자!"

"뭐? 나도 그거 달라고?"

"물론!"

"그건 좀……."

"자자. 불평하지 말고~. 티켓도 줬잖아~."

"여기서 그런 말 하는 건 비겁하잖아……."

"우후후. 재치가 있다고 해줘~."

그렇게 반쯤 강제로 고양이 귀를 사서 나란히 머리에 단 채 놀이공원 안을 돌아다녔다.

처음에는 부끄러웠지만 다른 사람들도 다들 비슷해서 의외로 금방 신경 쓰이지 않게 되었다.

뭐, 즐거우니까 됐나.

미즈키의 고양이 귀 모습도 충분히 보았고…….

그대로 천천히 놀이공원을 구경하고 다니다가 한구석에 있는 카페테리아가 눈에 들어왔다.

그러고 보니 계속 걸어 다니기만 했지.

슬슬 어디 앉아서 쉴까.

"야, 미즈키. 저기 카페에서 좀 쉬자."

"그래~. 계속 걷느라 피곤하긴 하네~."

카페에도 좀 기다란 행렬이 있었지만 그래도 제트코스터 정도는 아니었고 회전율도 빨라서 금방 우리 차례가 왔다.

미즈키가 카운터의 메뉴를 내려다보며 뭘 고를지 고민했다.

"어…… 그럼 저는 이 야옹 아이스를 바닐라 맛으로 주세요!"

"저는 야옹 아이스를 녹차 맛으로."

주문을 받은 점원이 안쪽 조리장에 메뉴를 말하자 금방 아이스크림 두 개가 쟁반에 담겨서 나왔다. 둘 다 고양이 얼굴을 본떠 만들어서 꽤 귀여웠다.

쟁반을 받아서 이왕 쉬는 김에 가게 바깥에 마련된 테라스석 중 한 곳으로 가서 앉았다.

앉아 보니 생각 이상으로 피로했는지 다리가 욱신거리는 게 느껴졌다.

"하아……. 역시 제트코스터를 두 시간이나 기다린 탓에 다리가 아픈데."

"후후후. 코우타는 평소에도 운동 부족이라서 금방 지치는 거야."

"뭐야? 그럼 미즈키는 괜찮아?"

"나는 코우타보다 많이 운동하니까! 이 정도는 문제없어!"

그러고 보니 미즈키는 체육 시간에는 솔선해서 농구 같은 걸 했었지…….

언제나 그랬기에 그다지 위화감은 없었는데 잘 생각해보면 남자 사이에서 손색없이 움직인다는 건 꽤 대단한 것 아닌가……?

"사, 사람의 가치는 운동 신경으로 정해지는 게 아니야."

"그거 유나도 자주 듣는 말이라고 하던데."

왜 내 주위의 여자들은 이렇게 운동을 잘하는 애들밖에 없는 거냐…….

미즈키는 조금 전에 산 바닐라 아이스크림을 한 입 먹으며 으음~ 하고 맛있다는 듯이 소리를 냈다.

"이 바닐라, 맛이 진해서 맛있어! 목장 우유로 만든 아이스크림 같아!"

"그래? 놀이공원에서 파는 음식은 가격만 비싸고 맛은 평범한 게 많을 것 같은데."

"코우타도 먹어봐!"

"어디…….'

미즈키의 재촉에 고양이 얼굴을 본뜬 녹차 아이스크림을 스푼으로 뜨려고 했지만 한순간 어디부터 먹는 게 맞는 거지? 하는 생각에 망설이고 말았다.

그렇지만 그대로 고양이의 얼굴을 지그시 바라보고 있자니 어딘가 우쭐거리는 듯한 눈매가 네코히메 님과 닮은 것처럼 느껴져서 나는 주저하지 않고 정중앙부터 스푼으로 펐다.

그대로 녹차 아이스크림을 입안에 넣어보니 미즈키의 말대로 시판 아이스크림보다 훨씬 더 맛있었다.

"오오, 맛있네! 이거 굉장한데……."

"그치?!"

왜 네가 의기양양한 거냐.

"있잖아, 내 바닐라 맛 한 입 줄 테니까 코우타의 녹차 맛도 한 입 먹게 해줘!"

"좋아. 자."

그렇게 녹차 아이스크림이 담긴 용기를 미즈키 쪽으로 내밀었을 때 카페 앞의 보도에서 입가에 마이크를 단 여직원이 갑자기 끼어들었다.

여직원은 마이크로 목소리를 키우며 마스코트 캐릭터인 야옹 군 인형탈을 데리고 큰 소리로 떠들었다.

"앗! 거기 커플 손님! 잠시 괜찮으실까요?!"

그 큰 목소리에 주위 사람들도 일제히 이쪽으로 시선을 돌렸다.

나는 갑작스러운 상황에 당황하며 대답했다.

"어…… 왜요?"

"실은 말이죠! 지금 '야옹군과 커플 사진을 찍자옹!' 캠페인을 진행 중이랍니다! 야옹군과 함께 두 분의 사진을 찍어드리는 건데요! 물론 비용은 없고요!"

"그, 그런가요……."

커플이란 말에 미즈키가 곧바로 반응했다.

"저, 저는 남자인데요?! 둘 다 남자예요!"

그렇게 목소리 높여 말해봐도 여직원은 살짝 놀라기만 하고 금방 다시 환한 웃음을 지었다.

"동성 커플도 대환영이랍니다!"

그런 문제가 아닙니다만…….

우리는 커플이 아니에요, 하고 말하고 싶었지만 주위에 사람들이 모여들어 있어서 거절할 수 있는 분위기가 아니었다.

미즈키도 그 사실을 깨달은 모양인지 나에게 슬쩍 말했다.

"사진 정도는 괜찮으려나?"

"어쩔 수 없으니까. 이 분위기에서 거절할 수도 없고…….

작은 목소리로 대답한 말을 놓치지 않은 여직원이 "감사합니다!" 하고 곧바로 야옹군을 우리 뒤쪽으로 보냈다.

카메라를 든 여직원과 테이블을 사이에 두고 앉은 나와 미즈키. 그 뒤에 양손을 펼친 야옹군이 섰다.

여직원이 카메라 너머로 말했다.

"손님~ 표정이 딱딱하세요~. 좀 더 웃으세요! 스마일!"

시키는 대로 입꼬리를 올려보지만 아무래도 탐탁지 않았던 모양이었다.

"아~! 아직 딱딱하세요! 아, 맞다! 그 아이스크림을 서로에게 먹여주시는 건 어때요?!"

""예?!""

나와 미즈키는 동시에 눈을 휘둥그레 떴지만 여직원은 아랑곳하지 않고 떠들었다.

"걱정하지 마세요! 완벽하게 찍어드릴 테니까요! 맡겨만 주세요!"

그러니까 그런 문제가 아니라니까요…….

망설이며 미즈키와 얼굴을 마주 보았지만 주위 사람들도 완전히 우리가 서로 먹여주는 걸 기대하는지 흐뭇하게 웃으며 이쪽을 바라보고 있었다.

나는 미즈키에게 작은 목소리로 말했다.

"어, 어쩔래……?"

"어쩌긴, 이 상황에서 거절하지도 못하잖아!"

"그렇지……?"

그러고 보니 전에도 이런 일이 있었지…….

햄버거 먹으러 갔을 때 아마미야 선생님을 속이기 위해 미즈키가 감자튀김 게임을 하자는 소리를 해서…….

그래도 바로 아야노가 나타나서 결국 안 했지만.

미즈키도 같은 일을 떠올렸는지 얼굴을 붉혔다.

"《으……. 이렇게 많은 사람이 보는 데서 코우타에게 아이스크림을 먹여주라니……. 전에도 이런 일이 있었지……. 그러고 보니 그때는 아직 코우타를 의식하지 않았었는데……. 그렇

지만 내가 코우타에게 이런 걸 해줄 기회는 아마 앞으로 없을 테
고……. 그, 그럼 오늘 하루쯤은…… 괜찮겠지?》"

미즈키는 나를 힐끗 본 뒤에 들고 있던 스푼으로 아이스크림
을 떴다.

"여, 여기, 코우타. 아~ 해봐."

쑥스러운 듯한, 기쁜 듯한, 그런 표정의 미즈키.

한순간 아야노의 얼굴이 떠올랐지만 여기서 거절하면 분명 미
즈키에게 상처를 주고 만다.

나는 각오를 다지고 자신의 아이스크림을 한 수저 떠서 미즈
키의 손과 엉기듯이 손을 뻗었다.

"아, 아~."

"아~."

미즈키의 핑크색 입술에 내가 내민 스푼이 들어갔다.

동시에 내 입안에도 우유 맛이 퍼져나갔다.

머리가 아플 정도로 차가운 아이스크림이었지만 어째서인지
얼굴이 뜨거웠다. 아마도 이 여름 햇살 때문일 것이다.

찰칵, 하고 카메라의 셔터음이 난 뒤에 여직원이 싱글거리는
얼굴로 말했다.

"와~ 덕분에 좋은 사진을 찍었어요! 감사합니다! 이건 기념
으로 드릴게요!"

여직원이 사용한 카메라는 폴라로이드 타입인지 건네준 사진
을 보니 서로 얼굴을 새빨갛게 물들인 채 아이스크림을 입에 넣
은 나와 미즈키가 선명하게 찍혀 있었다.

부……부끄럽게!

내 얼굴 완전 빨갛잖아! 무진장 의식하고 있잖아!

으아아아아아! 지금 당장 기억을 지우고 싶어!

엄청난 부끄러움에 괴로워하고 있는 사이에 여직원은 야옹군을 데리고 자리를 뒤로했다.

아마도 다음 타깃을 찾으러 간 거겠지.

짧게 한숨을 내쉬니 사진을 빤히 바라보던 미즈키가 쑥스러워하며 이런 말을 했다.

"이, 있잖아…… 코우타. 이 사진 내가 가져도 돼?"

그 조심스럽게 올려다보는 표정에 조금 전 입안에 펼쳐졌던 우유 맛이 떠올랐다.

"마, 마음대로 해."

그렇게 말하자 미즈키는 생긋 미소 지으며 사진을 소중히 품에 안았다.

"와~! 고마워, 코우타!"

여기서 나는 다시금 인식하게 되었다.

지금 이건 틀림없는 데이트란 사실을.

"아이스크림 맛있었지?"

앞에서 걷던 미즈키는 그렇게 즐거운 듯이 말하며 이쪽을 돌아보았다.

조금 전 일이 떠올라서 그만 미즈키의 입술로 시선이 가버렸다.

"그러게⋯⋯."

아무렇지 않은 척하며 화제를 바꿨다.

"그래서 다음은 어느 놀이기구로 할래?"

두 번 접은 놀이공원의 지도를 펼치자 미즈키도 내 바로 옆에 자리 잡고는 시선을 내렸다.

몸이 완전히 밀착해 있었지만 그건 신경 쓰지 않도록 노력했다.

"어⋯⋯ 급류 타기에 4D⋯⋯. 아니면 캐릭터 어트랙션이나⋯⋯ 음⋯⋯."

눈을 찡그리고 고심하던 미즈키는 아! 하고 지도 구석을 가리켰다.

"여기! 여기로 하자!"

여기, 하고 미즈키가 가리킨 장소에는 '야옹 DE 하우TH' 라는 오래된 저택의 일러스트가 그려져 있었다.

"이거 혹시 귀신의 집이야?"

"응! 역시 여름에는 귀신의 집이지!"

"그러고 보니 전에도 담력 테스트하고 싶다고 했었지. 그때는 결국 바다로 정해졌지만."

"나 무서운 걸 꽤 좋아하거든! 호러 영화도 자주 보고! 요란한 거 말이야! 저번에 함께 보러 간 '시체 만세'로 빠져버렸어."

그 영화로 빠지는 사람이 있는 거냐…….

역시 호러 마니아 사이에서 화제가 될 법한걸…….

"그럼 갈까. 귀신의 집."

"응!"

'야옹 DE 하우TH' 주변은 정말로 여기가 조금 전까지 있던 같은 놀이공원 안인지 의심될 정도로 인기척이 없었다.

구불구불 만들어놓은 오솔길에 자라난 가로수도 꺼림칙하게 꼬여있거나 야생의 까마귀가 까악까악 울고 있었다.

저 까마귀, 여기서 키우는 건가? 아니, 아무리 그래도 그렇게 까지는 안 하겠지…….

길가에 점점이 놓인 해골과 묘비를 피하며 겨우겨우 목적지인 '야옹 DE 하우TH' 앞에 도착한 것까진 좋았는데 눈앞에 있는 저택이 너무 본격적이어서 들어가기가 주저되었다.

삐걱거리는 소리를 내며 바람에 흔들리는 정면 현관. 유리가 깨진 창문에서 한 번씩 보이는 하얀 옷의 여자. BGM인지 다른 이용객의 것인지 알 수 없는 비명.

솔직히 말해서 지금 당장 되돌아가서 야옹군을 끌어안고 싶었 지만 겁쟁이로 보이는 것도 싫었기에 눌러 참았다.

"부, 분위기가 상당한데……."

속으로 미즈키에게 그만두자고 말해! 하고 빌어보았지만 미즈키는 눈을 반짝이며 저택을 보고 있었다.

"우와! 그러게! 대단해!"

틀렸다…….

전혀 겁먹질 않았어…….

으아……. 진짜로 지금부터 저 안엘 들어가야 하는 건가…….

싫은데…….

그렇지만 여기서 물러나면 남자가 아니지…….

어쩔 수 없지. 그래, 들어가자.

뭘. 이쪽은 매일 목숨 걸고 산다고.

웬만한 거로는 놀라지 않아!

"좋아! 가자, 미즈——키——?"

용기를 내며 미즈키를 데리고 저택 안으로 들어가려고 한 그 순간, 나는 있을 수 없는 것을 보고 말았다.

그건 나란히 선 나와 미즈키 사이에서 고개를 불쑥 내밀고 이쪽을 똑바로 쳐다보는 검은 머리칼의 여자였다.

푸석푸석한 긴 머리카락에 눈 아래에는 짙은 다크서클. 희번덕거리는 눈은 이 세상 것이 아닌 듯했다.

그런 갑작스러운 여자의 등장에 긴장하고 있던 배에서 쥐어짜는 듯한 목소리가 튀어나왔다.

"꺄아아아아아아아아아아아아!"

참으로 한심한 비명을 지르고 말았다.

여자애처럼 비명을 지른 나와는 대조적으로 미즈키는 어? 하고 고개를 갸웃거리며 그 여자에게 말했다.

"혹시 유메미가사키 양이야?"

미즈키가 아야노의 이름을 불러서 겨우 조금 진정한 나도 돌연히 나타난 여자를 자세히 뜯어보았다.

그랬더니 미즈키가 말한 대로 그 여자는 틀림없는 아야노 본인이었다.

그때와 마찬가지로 편한 추리닝 차림이었다.

"아, 아야노?!"

아야노의 모습은 평소와는 전혀 다른 게 척 보기에도 수척했다.

아야노가 졸린 눈으로 이쪽을 보았다.

"왔어."

"왔다니……. 연락하면 티켓 주러 간다고 했었잖아……. 그건 그렇고 용케 여기 있는 걸 알았네?"

"감이야……. 후후후. 최근에 말이지, 계속 방에 갇혀 있었더니 육감이 예민해졌거든…… 후후후…… 저기 봐 봐, 깨진 유리창 너머에 하얀 옷의 여자가 서 있어."

"아, 응……. 그건 아마 연기자일걸……."

냉정하게 지적당해서 조금 부끄러웠는지 아야노는 뺨을 붉히며 이쪽을 흘겨보았다.

"다, 당연히 농담이지. 그냥 저번에 사이온지 군이 담력 테스트하고 싶댔으니까 여길까 싶어서 와 본 것뿐이야. 진심으로 받아들이지 마."

미즈키에게는 들리지 않도록 아야노의 귀에 입을 가져다 대고 슬쩍 물어보았다.

"그런데 소설 쪽은 어떻게 되었어? 계속 방에 갇혀 있었다고 했으니 아직 전부 끝낸 건 아니지?"

"《흐아아아아! 코우가 귓가에 속삭이고 있어! 짜릿짜릿해!》"

이야기를 들어!

아야노는 황홀한 표정을 짓다가 퍼뜩 정신을 차리고 헛기침을 했다.

"그건 문제없어."

"오. 그럼 전부 끝내고——."

"사이코 씨에게 다시 끌려가기 전까지는 아직 시간이 있으니까!"

역시 도망쳐온 거냐.

어이없어서 말문이 막힌 나 대신 미즈키가 기쁘게 말했다.

"아무튼 합류해서 다행이야! 유메미가사키 양도 같이 들어갈 거지? 귀신의 집!"

"그래, 물론이지. 《어두컴컴한 어둠 속에서 발이 걸린 척하며 코우에게 안겨야지!)》"

흑심밖에 없잖아!

그렇게 해서 우리 세 사람은 '야옹 DE 하우TH' 안에 발을 들이게 되었다.

그때 아까까지 깨진 창문 너머로 보이던 흰옷의 여성이 입구에 불쑥 나타나서는 "이쪽에 사인을……." 하고 한 장의 종이를 내밀었다.

종이에는 '각서: 어트랙션 체험 중에 발생한 모든 부상과 사고, 정신적 소모 등에 대한 손해의 책임을 일절 묻지 않을 것을 맹세합니다.' 라고 적혀 있었고 가장 아래에는 사인을 넣는 공백이 있었다.

연출이지? 연출 맞지?

정말로 무슨 일이 생겨서 다른 이용객이 찾아오지 않게 된 건 아니지?

선뜻 사인해도 되는 건가 싶어서 고민하는 내 옆에서 아야노와 미즈키는 조금도 망설이지 않고 자신의 이름을 적어넣었다.

"어?! 그, 그렇게 아무렇지도 않게 사인해도 되는 거야?!"

무슨 말이냐면서 미즈키가 말했다.

"응? 아하하! 코우타 혹시 무서워? 괜찮다니까! 이거 이런 연출일 거야!"

"지, 진짜로……? 믿어도 돼……?"

불안해진 나를 보며 아야노가 작게 웃었다.

"어머. 코우타, 의외로 이런 걸 무서워하는구나?《므흐흐! 이

걸로 겁을 먹고 움직이지 못하게 된 코우의 머리를 쓰다듬어주며 출구로 향할 가능성도 생겼는걸?!》"

그런 가능성은 털끝만치도 없거든?!

"두, 두 사람이 아무렇지 않다면 괜찮지만……."

그렇게 나도 마지못해 각서에 사인하니 흰옷의 여성이 안쪽으로 뻗은 복도를 가리켰다.

"이 저택 안의 어딘가에 출구가 있습니다. 그 출구를 찾아서 탈출해주십시오. 그럼……."

그런 말을 남기고 우리가 들어온 문을 밖에서 굳게 닫자 주위가 단숨에 어두워졌다.

좌우 대칭으로 문이 몇 개나 있는 안쪽까지 이어진 복도에는 더러운 붉은 양탄자가 깔려 있고 오른쪽에는 2층으로 오르는 계단이 있었다.

"밖에서 본 걸로는 2층 건물이었지?"

"응. 근데 출구는 보통 1층에 있지 않아?"

아야노가 겁도 없이 가장 가까이에 있는 문을 열며 말했다.

"이런 탐색은 우선 1층부터 하는 게 정석이지."

"그렇게 대충 문 열지 마. 뭔가 있으면 어쩌려고."

"어차피 사람이나 있겠지. 그런 건 하나도 안…… 무서…… 워?"

문을 연 아야노는 어째서인지 말을 흐리며 눈을 부릅뜬 채 방 안을 바라보았다.

나와 미즈키가 있는 위치에서는 각도 탓에 방 안까지는 보이지 않았기에 무슨 일인가 싶어서 나란히 안을 들여다보니 그곳에는 거친 콧김과 함께 어깨를 들썩이며 입에서 침을 질질 흘리고 있는 미노타우로스의 모습이 있었다.

크기가 족히 3미터를 넘어서 천장에 머리가 닿지 않도록 상체를 수그린 채 붉게 빛나는 눈으로 이쪽을 노려보고 있다.

어떻게 반응하면 좋을지 알 수 없어서 "와……." 하고 마치 남일처럼 목소리를 내고 말았다.

동시에 그때까지 문을 연 채 경직되어 있던 아야노가 문을 쾅 닫자마자 혼자서만 복도 안쪽으로 부리나케 달려나갔다.

그 뒷모습을 보고 나와 미즈키도 황급히 뒤를 따랐다.

"머, 먼저 도망치다니 치사하잖아, 아야노!"

"그치만 저런 건 반칙이지! 어딜 봐도 인간이 아니잖아!"

등 뒤에서 콰앙, 하고 폭발음 같은 게 들려서 돌아보니 조금 전까지 미노타우로스가 있던 방의 문이 날아가며 녀석이 불쑥 모습을 드러냈다.

직후에 쿵쿵거리며 저택 안에 울리는 발소리를 내며 쫓아왔다.

"으아아아아악! 오, 온다! 저거 안에 어떻게 된 거야?!"

"내가 알겠어?!"

미즈키가 미노타우로스 쪽을 돌아보았다.

"저, 저거 손에 엄청나게 커다란 도끼를 들고 있는데?!"

"보지 마, 미즈키!"

"그리고 뭔가 피로 흠뻑 젖어 있는데?!"

"보지 마라니까!"

셋이서 복도를 달리다가 모퉁이를 돈 곳에 있던 방으로 뛰어들자 미노타우로스의 발소리가 지나가며 멀어지는 게 들려왔다.

"하아하아…… 저런 건 반칙이지……."

"나 이만 나가고 싶어……."

미즈키……. 들어오기 전까지는 그렇게 여유로웠는데 왜 벌써 울상이냐…….

"《사이온지 군이 나가면 코우와 단둘이 있을 수 있어! 신난다!》"

넌 왜 여유롭냐?!

적응이 너무 빠르잖아!

방에는 헤진 캐노피가 달린 침대가 하나 놓여 있었는데 미즈키가 거기에 털썩 앉았다.

"후우……. 아무튼 빨리 출구를 찾자…… 응? 이 침대 묘하게 튀어나와 있네?"

미즈키의 말대로 침대 중앙이 불룩하게 튀어나와 있었다.

그건 마치 침대 이불 속에 누군가가 누워있는 듯한 모습이어서 우리는 나란히 그 불룩한 부분을 눈으로 좇다가 캐노피 안쪽에 보이는 침대 머리맡을 확인했다.

그러자 그곳에 누워있던 뼈와 피부만 남은 노파가 쉰 목소리로 "살려줘……." 하고 이쪽을 향해 손을 뻗었다.

"으아아아아아아아아악!"

누가 먼저라 할 것 없이 비명을 지르며 미즈키를 선두로 들어온 문과는 다른 문으로 밖에 나가려고 했지만 그 문 바로 바깥에 미노타우로스가 대기하고 있는 걸 발견하고 나와 아야노는 바로 다리를 세웠다.

하지만 안타깝게도 가장 먼저 방에서 뛰쳐나간 미즈키는 미노타우로스와 맞닥트려서 그 거대한 손에 움켜쥐어지고 말았다.

"으아아아아아!"

"미즈키이이이이!"

"사, 살려줘, 코우타!"

"미즈키이이이이이이이이이이이!"

그대로 문이 탕 닫히며 금세 미즈키의 절규는 들리지 않게 되었다.

황급히 다시 문을 열어봤지만 거기에는 이미 미노타우로스의 모습도, 미즈키의 모습도 없어져 있었다.

그 모습을 본 아야노가 두 손을 마주 모았다.

"사이온지 군은 필요한 희생이었어."

"포기하는 게 너무 빠르잖아! 태세 전환에도 정도가 있지! 방금 봤잖아! 미즈키가 완전히 미노타우로스에게 잡혔다고! 저거 괜찮은 거야?! 법적으로!"

"뭐, 좀 과격한 귀신의 집이라고 생각하면 괜찮지 않아? 《이걸로 코우와 단둘이 되었어! 에헤헤~ 어떻게 애교를 부릴까~?》"

무적이냐!

미노타우로스의 기척도 사라져서 안도하고 있으니 아야노가 침대에 앉으며 옆자리를 탁탁 두들렸다.

"일단 앉아서 진정 좀 해."

"아니, 그 침대에 수수께끼의 노파가 누워있다만?"

"괜찮아. 이 사람은 평범한 인간이니까."

"뼈와 피부밖에 안 남은 인간이 평범하냐……."

"최근의 특수 분장은 대단하시?"

그런 걸 연기자 앞에서 말하지 마!

저거 봐! 좀 껄끄러운 표정 짓고 있잖아!

나는 노파가 신음하고 있는 침대에 앉지는 않고 대신 방 안쪽에 있는 창문으로 밖의 풍경을 보았다.

우리가 들어온 입구 부근이 보였는데 미노타우로스에게 끌려갔던 미즈키가 거기서 우두커니 서 있다가 이쪽을 깨닫고 손을 붕붕 흔들었다.

"코우타~! 나 게임오버래!"

그런 것치고는 기뻐 보인다만.

"좋겠다……. 나도 미노타우로스에게 잡힐걸……."

아야노는 침대에 앉은 채 태연하게 말했다.

"아, 맞다. 결국 여름 축제는 몇 시에 모이려고?"

"그거 지금 할 이야기야?"

"어쩔 수 없잖아. 사이코 씨가 하루에 10분밖에 핸드폰을 못 쓰게 하는걸."

어린애도 그것보다는 많이 쓸 것 같은데…….

좀 적극적으로 교섭을 해봐…….

"어쩐지 답장이 잘 안 온다 했지……. 근데 시간 정해봤자 아직 일이 남은 거 아니야? 여름 축제까지 끝낼 수 있을 것 같아?"

"솔직히 미묘해."

"그러면서 갈 생각이었냐……."

"그래도 걱정하지 마. 최근에 사이코 씨의 감시망에 구멍이 있는 걸 발견했거든. 그 틈을 찌르면 오늘처럼 쉽게 빠져나올 수 있어."

"아니, 그러기 전에 후딱 일부터 끝내지 그러냐……."

아야노가 침대 시트를 움켜쥐었다.

"그치만 할 수 없잖아! 노트북 앞에 앉자마자 쓸 기력이 사라지는걸! 머릿속에 아이디어는 있어! 그런데 전혀 글이 써지지 않아! 이거 뭐야?! 무슨 현상이야?!"

내가 알겠냐…….

한바탕 하소연하고 후련해졌는지 아야노가 이쪽을 흘겨보았다.

"《그래도 겨우 코우와 단둘이 되었어. 하아~ 오랜만에 보는 실물 코우! 역시 좋네~! 핸드폰으로 잔뜩 찍어둔 사진으론 채울 수 없는 청량감이 있단 말이지!》"

노파도 있다고 했잖냐.

그리고 나에게 청량감이 어디 있다는 거냐.

이런 상황에서도 날 보며 기뻐하는 아야노에게 어이없는 듯한, 기쁜 듯한 여러 가지 감정을 느끼고 있다가 불현듯 밖에 있는 미즈키 근처에서 아는 인물의 모습을 발견했다.

"아……. 아야노, 아쉽지만 아야노의 시간은 여기까지인가 본데?"

"어? 왜? 지금부터 시작 아니야? 자! 쉬어서 기운도 났으니까 다시 저택 탐색하러 가자. 아, 그리고 이다음에 야옹 아이스크림이란 걸 먹어보고 싶은데."

태평하게 말하는 아야노에게 낭, 하고 유리창을 두드리는 소리가 덮쳐들었다.

눈을 휘둥그레 뜬 아야노는 두드려진 창문에 무시무시한 표정의 사이코 씨가 달라붙어 있는 것을 보고 오늘 중에서 가장 큰 비명을 질렀다.

"꺄아아아아아아아아아아아아아! 와, 와 버렸어어어어어어어어어어어어어!"

사이코 씨는 그대로 창문을 벌컥 열고는 몸을 내밀어 아야노의 목덜미를 붙들었다.

"자, 돌아가자, 아야노! 아직 일이 안 끝났잖니!"

"으아아아아앙! 사이코 씨 너무해! 여긴 어떻게 아신 건데요!"

"너 핸드폰 가져갔지?"

"서, 설마…… GPS……?"

"자, 가자."

"코우타! 이 사람 나를 GPS로 추적했어! 무서워, 코우타아!"

"힘내라~."

"그것뿐이야?!"

그렇게 아야노는 부산스럽게 사이코 씨에게 끌려가면서 큰 소리로 외쳤다.

"여름 축제는 꼭 갈 테니까! 그러니 기다리고 있어!"

그걸 마지막으로 아야노와 사이코 씨의 모습은 보이지 않게 되었다.

두 사람을 배웅하고 다시금 실내를 둘러보니 이 상황에서도 꿋꿋하게 꺼림칙한 목소리를 내며 나를 겁주려고 하는 노파와 눈이 마주쳤다.

미즈키는 게임오버.

아야노는 중도 퇴장.

……그렇다면 나에게 남겨진 선택지는 하나뿐이겠군.

나는 손을 번쩍 들고 당당히 소리쳤다.

"죄송한데 중도 포기할게요~."

아야노가 사이코 씨에게 끌려가는 모습을 멀리 떨어진 벤치에서 바라보고 있는 한 남녀가 있었다.

한 사람은 검은 양복을 입은 초로의 신사로 벤치에 앉지도 않고 똑바로 서서 한 손에 양산을 들고 있었다.

다른 한 사람은 우아한 하얀 원피스를 입고 커다란 선글라스를 쓴 채 코우타 일행이 있는 쪽을 뚫어지게 훔쳐보고 있었다.

바로 미즈키의 약혼자를 자처하는 도묘지 코하루였다.

코하루의 귀에 아야노의 목소리가 들려왔다.

"여름 축제는 꼭 갈 테니까! 그러니 기다리고 있어!"

코하루는 작게 "여름 축제란 말이죠……." 하고 중얼거리곤 불현듯 웃었다.

초로의 신사가 물었다.

"코하루 아가씨, 이제 괜찮으십니까?"

"예. 오늘은 처음부터 정찰만 할 예정이었으니까요. 유메미가사키 아야노가 말한 여름 축제란 분명 '천녀의 중매'가 유래인 그 축제를 말하는 거겠죠. 그렇다면 거기서 노리는 편이 압도적으로 유리해요."

"아가씨 말씀이 맞습니다."

"후후후. 두고 보시죠……. 저 세 사람의 우정에 수복하지 못할 균열을 만들어서 사이온지 미즈키를 고립시키고 제 말만 듣는 인형으로 길들여주겠어요."

코하루가 바로 일어서자 초로의 신사는 따라서 양산을 옮겼고, 그렇게 두 사람은 그대로 놀이공원을 뒤로했다.

그 두 사람의 뒤를 하얀 고양이 한 마리가 기척을 숨기며 총총히 따라갔다.

◇ ◇ ◇

그 뒤로 '야옹야옹 랜드'에서 놀이기구와 퍼레이드 등을 즐긴 나와 미즈키는 밤이 깊어졌을 무렵에 동네 역에 도착했다.

"모처럼이니 한 정거장 정도 걷지 않을래?"

그런 미즈키의 제안에 우리는 인기척 없는 거리를 걸었다.

미즈키가 흥분한 것처럼 말했다.

"미노타우로스를 연기하던 사람이 엄청 예의 발랐어!"

"그거 진짜로 사람이 들어가 있었던 거냐."

"최신 과학 기술이래!"

"끝내주네, 최신 과학 기술……."

그렇지만 그렇게 박력이 넘치면 이용객이 꺼려서 오지 않겠지…….

온종일 걸어 다닌 탓인지 다리가 무거웠다.

"미즈키는 괜찮아? 난 이제 다리가 한계인데."

"아하하. 역시 코우타는 운동 부족이네. 나는 아직 괜찮아!"

"그러냐. 미즈키는 체력이 좋네……."

쓴웃음을 지으면서도 어떻게든 한 걸음씩 내디디고 있으니 미즈키의 속마음이 들려왔다.

"《그 일을…… 코우타에게 물어볼까…… 하지만…….》"

아무래도 미즈키가 나에게 물어보고 싶은 게 있는 모양이었다.

그건 사람이 많은 전철 안에서는 물어보기 힘든 내용이겠지.

굳이 한 정거장 정도 걷자고 한 이유는 이거였나 싶어서 납득이 되었다.

미즈키가 떠올린 '그 일'에 짚이는 데가 없는지 기억을 살펴보았다.

최근에 미즈키와 있었던 일을 생각한다면 혹시 약혼자인 코하루 일인가?

"《······역시 그만둘까······ 으음······.》"

영 답답해서 내 쪽에서 화제를 던져보았다.

"그건 그렇고 그 코하루라는 약혼자와는 어떻게 되었어?"

"어?!"

미즈키는 눈에 띄게 동요하며 몸을 경직시켰다.

역시 그 일이었나······.

혹시 뭔가 진전이 있었나?

미즈키는 눈을 굴리며 생각하는 시늉을 하다가 부끄러운 듯이 손가락을 꼼지락거리며 물었다.

"있잖아······ 코우타는 만약 내가 결혼하면······ 어떨 것 같아?"

"······뭐?"

생각지도 못한 물음에 어안이 벙벙해져서 멍한 표정을 짓고 말았다.

　여기서는 적당히 넘어가는 게 무난할 테지만…….

　그렇게 생각은 했지만 진지한 눈빛의 미즈키를 보고 있자니 성의 없는 얄팍한 대답을 할 수가 없었다.

　일정한 속도로 걸어서 점차 역도 가까워졌을 무렵에 나는 겨우 말을 쥐어 짜냈다.

　"그야…… 좀 싫을 것 같은데……."

　어두워서 미즈키의 얼굴은 잘 보이지 않았다.

　그렇지만 하얀 치아를 드러내며 "그렇구나!" 하고 기쁜 듯이 말한 표정은 역시 이 이상 없을 정도로 귀여웠다.

　"아니, 뭐, 절친에게 뒤처지는 게 싫은 건 당연하지 않아?! 따, 딱히 깊은 의미는 없어!"

　"후후후. 그러게. 우린 절친이니까!"

　"그럼 나는 저쪽 노선이니까."

　"응! 오늘은 재밌었어! 그럼 다음에 봐!"

　"그래."

　손을 흔들어 미즈키를 보내고 인파 속에 홀로 남게 되니 갑자기 고독감이 강해졌다.

그건 그렇고 진짜로 피곤한데…….

역시 평소에도 운동을 안 하면 안 되겠는걸. 인파를 헤치며 인접한 다른 노선의 역으로 향하다가 "야옹~." 하는 귀에 익은 고양이 울음소리를 들었다.

어디서 들려온 건가 싶어서 주위를 둘러보니 하얀 고양이 한 마리가 자판기 옆에 다소곳이 앉아있었다.

"오, 뱌쿠야. 부탁한 코하루의 감시는 순조로워?"

실은 이전에 뱌쿠야에게 코하루의 감시를 부탁했었다.

류자키 츠쿠시를 부채질해서 미즈키를 덮치게 만든 녀석이었다. 아무리 경계해도 지나치지는 않을 것이다.

"야옹!"

"순조로운가 보네. 그래서 오늘은 무슨 일이야?"

"야옹야옹. 야옹~."

뱌쿠야가 앞발로 거리 쪽을 가리켰다.

방향으로 봐서 아마 카구라네코 신사를 가리키는 거겠지.

"지금부터 신사로 오라고?"

"야옹!"

"그래. 알았어."

전철에는 타지 않고 뱌쿠야를 안아 들며 그대로 카구라네코 신사로 걸음을 옮겼다.

카구라네코 신사에 도착했을 무렵에는 걷느라 지쳐서 곤죽이 되어 있었다.

"하아……. 오늘 하루가 여름 방학 동안 걸은 것보다 많이 걸은 것 같은데……."

뱌쿠야를 내려주고 손으로 무릎을 짚은 채 헉헉거리며 숨을 고르고 있다가 경내 중앙에 풍로를 놓고 꽁치를 굽고 있는 네코히메 님의 모습을 발견했다.

네코히메 님은 나를 보고는 풍로의 불에 부채질하며 손짓했다.

"오. 뭐냐? 선물이라도 사 온 게냐?"

선물이라는 말에 '야옹야옹 랜드'에서 산 선물 봉투를 들고 있던 게 생각났다.

네코히메 님에게 총총히 다가가자 풍로 때문에 숨이 턱턱 막히는 열기가 느껴졌다.

"이 더운 날에 용케 그러고 계시네요……."

"므흐흐. 냄새가 좋지 않으냐? 작은 놈이지만 꽁치가 들어와서 말이다. 한 번 구워보았다. 여름에는 따끈따끈한 요리가 또 제맛이 아니더냐!"

"저번에는 냉동 생선을 씹어 드셨으면서……."

"그건 그거고 이건 이거다. 그래서 그 봉투 속에는 무슨 선물이 들어있는 게냐?"

"아, 실은 말이죠……."

종이봉투 안에 손을 넣어 종이로 된 직사각형 용기를 꺼냈다.

‘야옹군 만주’ 라 적힌 그 용기에는 다양한 표정의 야옹군 만주가 개별 포장으로 담겨 있었다.

“드세요.”

“흐으음……”

네코히메 님은 나에게 건네받은 ‘야옹군 만주’ 를 지그시 바라보다가 갑자기 정색하고 이쪽을 노려보았다.

“나 보고 동족상잔을 하라는 게냐?”

“예?! 동족상잔?!”

“어딜 봐도 고양이 얼굴의 만주가 아니냐!”

“아, 만주로 인식하고도 그런 반응이시군요…….”

네코히메 님은 “정말이지. 나를 뭐라 생각하는 건지…….” 하고 구시렁대면서도 ‘야옹군 만주’ 를 하나 집어서 포장지를 벗기고 그대로 한 입 먹었다.

어차피 드실 거면서…….

난 왜 불평을 들은 거지……?

“음! 뭐냐, 이건! 먹어 본 적 없는 진한 달콤함이구나!”

“그건 커스터드 맛이네요.”

“맛있구나! 잘했다! 상으로 퍼석퍼석한 꽁치의 내장을 한 점 주마!”

“됐습니다…….”

“므흐흐! 맛있구나!”

그 뒤에 네코히메 님과 뱌쿠야, 그리고 주변에 있던 길고양이들이 모여서 내 선물과 꽁치구이를 먹어 치우길 기다리다가 겨우 본론으로 넘어갔다.

"후우……. 잘 먹었다……. 그래서? 코우타여, 오늘은 무슨 볼일이냐?"

"예? 전 뱌쿠야가 오래서 온 건데요?"

"음? 그랬느냐?"

뱌쿠야가 네코히메 님에게 "야옹야옹." 하고 뭔가 설명하기 시작했다.

"호오호오……. 흐음……. 그렇구나……."

설명을 들은 네코히메 님이 다시 이쪽으로 시선을 돌렸다.

"아무래도 코우타가 저번에 부탁한 일로 보고할 게 있는 모양이구나. 자세한 건 뱌쿠야 보고 설명하라고 할 테니 귀담아서 듣거라."

"뱌쿠야 보고요?"

내 의문을 아랑곳하지 않고 네코히메 님의 재촉을 받은 뱌쿠야가 의기양양하게 떠들었다.

"야옹야옹. 야옹. 야오옹. 야옹. 애옹! 애오옹~. 야옹야옹. 야오옹. 야옹. 야옹. 야옹~. 애옹. 애옹. 야옹야옹. 야오옹~ 야오옹~. 야옹. 애옹. 야오옹~. 야옹~."

그렇군! 모르겠다!

"아니, 번역해 달라고요!"

"뭐라?! 너 아직 고양이 말을 모르는 것이냐?!"

"고양이 말을 아는 인간은 없거든요……."

"너 자주 뱌쿠야와 이야기하지 않았더냐."

"짧으면 분위기로 대충 알아듣지만 길면 무리라고요……."

"허 참. 할 수 없지. 너는 내가 없으면 아무것도 못 하는구나."

하아……. 신이란 왜 이렇게 우쭐거리는 걸까…….

네코히메 님은 우뚝 서서 팔짱을 끼고는 가슴을 펴며 소리 높여 선언했다.

"너는 내가 없으면 아무것도 못 하는구나!"

왜 의기양양한 얼굴로 똑같은 말을 두 번이나 하시는 겁니까…….

딴죽을 걸고 싶었지만 괜한 소리를 했다가 번역을 안 해줄지도 모르니 잠자코 있자…….

네코히메 님이 "어흠." 하고 헛기침을 한 번 했다.

"요컨대 코하루라는 계집아이가 여름 축제 날에 너희 사이를 갈라놓으려고 할 테니 조심하라고 하는구나."

"생각보다 짧은데요?! 방금 뱌쿠야는 한참 말했는데!"

"고양이 말은 8할 정도가 그냥 울음소리니까 말이다."

"그랬던 겁니까……."

뭐가 되었든 코하루의 다음 행동을 알게 된 건 큰 수확이었다.

여름 축제 때 수작을 부린다면 이쪽도 사전에 어느 정도 대책을 세울 수 있었다.

나머지는 당일에 내가 얼마나 코하루의 계략을 무산시키는가

에 달려 있다.

발치로 다가온 뱌쿠야의 머리를 쓰다듬어줬다.

"고마워, 뱌쿠야."

"야옹!"

애교를 부리는 뱌쿠야의 배를 조물조물 해주고 있으니 네코히메 님이 생각났다는 것처럼 덧붙였다.

"오. 맞다. 너에게 한 가지 말해줄 게 있었구나."

"무슨 말이요?"

"저번에 이야기한 '네코후시미 다리' 가 있지 않으냐. 그 다리 말인데……."

네코히메 님에게 '네코후시미 다리' 에 관한 어떤 사실을 듣고 나는 고개를 갸웃거렸다.

"그게 정말인 거죠?"

"그래. 틀림없구나."

"그랬군요……. 그럼 저도 한 번 알아볼게요."

"뭐, 도움이 될지는 모르겠구나."

"그렇긴 하죠……."

그렇게 네코히메 님에게 이야기를 듣고 나서 나는 몸을 돌렸다.

"그럼 오늘은 감사했습니다. 뱌쿠야도 고마워. 좀 더 힘써볼게요."

"그래. 열심히 힘써보거라. 또 내 털이 그리워지거든 찾아오고."

"아하하. 감사합니다. 그럼 갈게요."

가볍게 인사한 나는 그대로 귀로에 올랐다.

최종장 『천녀의 중매』

"오빠 언제까지 자는 거야!"

침대에서 숙면하고 있는데 이불이 홱 들춰졌다.

눈앞에서는 앞치마 차림에 국자를 든 유나가 뺨을 부풀리고 있었다.

"유나…… 오빠 아직 졸린데……."

"졸리다니…… 벌써 점심이야! 밥 차렸으니까 먹으러 와!"

여동생에게 이불을 빼앗기는 것도 최근에는 일상이 되어가고 있었다.

아니, 전부 계속 잠만 자는 내가 나쁜 거지만…….

잠기운에 아직 뜨기 힘든 눈을 비비며 유나에게 물었다.

"그리고 보니 너 오늘은 갈 거지?"

"축제 말이지? 물론 가야지! 오랜만에 미즈키 오빠도 보고 싶고!"

미즈키와는 1학년 때부터 알고 지내서 우리 집에도 몇 번인가 왔었다.

아무리 미즈키의 정체가 여자라고 해도 미즈키를 남자로 알고 있는 유나가 미즈키와 만나는 것을 기대하는 건 오빠로서 어딘가 복잡한 기분이었다.

"뭐야, 너 설마 미즈키에게 관심이 있는 건 아니겠지……."

"아니거든. 미즈키 오빠는 말이지, 여자애 같아서 뭔가 되게 이야기하기가 편한 것뿐이야! 유나는 이성 친구가 미즈키 오빠밖에 없거든! 그래서 좀 신선해!"

그렇군. 꽤 정확한 고찰인걸.

그렇지만 한 가지 유감인 건…….

──너에게 이성 친구는 없다는 거다!

속으로 인기 없는 여동생에게 안도하며 침대에서 기어 나와 그대로 거실로 향했다.

차려진 계란말이를 먹으며 켜져 있는 텔레비전을 보았다.

지역 뉴스가 나오고 있었는데 수많은 고양이가 빌딩에 쳐들어가 사람들에게 장난을 치거나, 새전 도둑을 붙잡기도 하고, 자판기 밑에서 동전을 주워간다는 이야기가 이색적으로 다뤄지고 있었다.

동전 주워가는 거 들켰잖습니까…….

맞은편 자리에 앉은 유나도 생각났다는 것처럼 덧붙였다.

"그러고 보니 오빠도 전에 한 번 저런 일 있었지? 그 왜, 고양이들에게 둘러싸여서 현관 앞에 엎어져 있었던 일."

네가 나를 밟은 데다가 셀카까지 찍었던 일 말이지.

안 잊었거든.

나는 내심 유나를 흘겨보면서도 태연한 척 말했다.

"그런 일도 있었지……."

"이 근처는 고양이와 관련된 이야기가 많지 않아? 오늘 가는 여름 축제의 기원이 된 이야기는 알아? '천녀의 중매'라는 이야기."

"아, 응. 미즈키에게 들었어."

"그 이야기에 나오는 천녀 님도 귀와 꼬리가 나 있었대. 의외로 그 천녀 님이 고양이의 신이었다든가. 아하하. 그럴 리가 없나!"

우오…….

네코히메 님의 정체가 여동생에게 발각되었다만…….

너 왜 그렇게 감이 좋은 거냐…….

어딜 가더라도 둔감하다는 소릴 듣는 오빠에게도 좀 나눠주라.

이 화제로 계속 이야기하는 건 좀 무서운데…….

그때 저번에 이사장에게 연행되어 가다가 목격한 유나의 모습이 떠올랐다.

"아, 맞다. 너 저번에 상점가의 많이 먹기 대회 나갔었지? 설마 맨날 그런 거 하고 다녀?"

"많이 먹기 대회? 닭튀김일 때? 아니면 카레? 아, 우동인가?"

"오므라이스거든……. 그런데 많이 먹기 대회가 그 정도로 많이 열리는 거냐…….”

“에헤헤. 유나가 많이 먹으니까 전국에서 그런 사람들이 수시로 모여들기 시작했대.”

“네가 원인이었냐고……. 어떻게 된 거야? 언제부터 그렇게 많이 먹게 된 건데. 너 집에서는 그렇게 많이 안 먹잖아.”

“그렇긴 한데 집 근처를 돌아다니면 다들 먹을 걸 주니까 집에 도착할 무렵에는 그럭저럭 배가 차서 덜 먹는 것뿐이야!”

“오, 오빠는 그런 거 좀 부끄러운데……. 뭐야? 내 여동생이 이웃집에 밥을 얻어먹고 다닌다는 거야?”

“세 집 건너 있는 스즈키 씨네 집은 감자조림이 맛있어.”

“그런 걸 물어본 게 아니거든.”

다음에 선물을 잔뜩 사서 이웃집에 나눠주러 다니자…….

“그런데 오늘 아야노 언니는 와? 최근에 전혀 집에 안 오던데 무슨 일이지?”

“지금 호텔에서 통조림 상태로 일하고 있나 봐. 아, 그리고 아야노가 소설가라는 건 일단은 비밀이니까 다른 사람에게 말하지는 말고.”

“통조림이라……. 그런 건 평소에 집중력이 없는 사람이 하지 않아?”

“느닷없이 디스하지 마라……. 걔는 그래 보여도 꽤 소심한 구석이 있으니까…….”

“그럼 아야노 언니는 못 오나 보네. 오랜만에 보고 싶었는데.”

“아니, 도중에 참가할지도 모른다던데. ……뭐, 어젯밤에 보낸 메시지는 아직 확인도 안 했지만⋯⋯."

확인도 못 한다는 건 아직도 핸드폰을 빼앗긴 상태란 거겠지⋯⋯.

그렇다면 지금도 집필 중인가⋯⋯.

여름 방학 내내 호텔에서 통조림인가. 좀 딱하게 느껴지는데⋯⋯.

유나는 하품을 눌러 참으며 말했다.

"그럼 유나도 포함해서 다섯이서 축제에 가는 거지?"

"그렇게 되지."

"아쉽겠네, 오빠? 미즈키 오빠가 없었으면 하렘이었는데!"

미즈키가 있어도 하렘이란다⋯⋯.

게다가 덤으로 고백받으면 사망까지 하고.

아하하⋯⋯. 웃을 일이 아니다⋯⋯.

그 뒤에 유나가 차려준 밥을 먹고 나서 다시 방에 돌아가 핸드폰으로 인터넷 브라우저를 켰다.

거기에 '천녀의 중매'라고 검색해보니 해당하는 페이지가 주욱 펼쳐졌다.

이미 그 페이지들은 읽어봤지만 혹시 몰라서 한 번 더 확인해두기로 했다.

"노점이 차려지는 곳이 여기랑 여기, 그리고 이쪽 거리⋯⋯. 화장실은 이쪽과 이쪽⋯⋯. 불꽃놀이 시간은⋯⋯."

최대한 많은 정보를 사전에 기억해둠으로써 어떤 국면에서도 대처할 수 있게 준비했다.

도묘지 코하루의 목적은 우리들의 사이를 갈라놓음으로써 미즈키를 고립시키고 그 틈을 파고들어 사이온지 가문을 남모르게 가로채 빼앗는 것이다.

사이온지 가문의 권력이 어떻고 하는 이야기는 나와는 상관없지만 그 때문에 미즈키를 물건처럼 취급하는 건 도저히 용서할 수 없었다.

두고 봐라, 도묘지 코하루…….

네 계획은 내가 전부 파투내줄 테니까!

"슬슬 약속 시각인데."

준비를 전부 끝내고 집을 나서기 전에 한 번 더 핸드폰을 확인해봤지만 여전히 아야노에게 답장은 없었다.

정말로 올 수는 있는 건가?

어떻게 될지는 모르지만 그때그때 우리가 있는 위치만큼은 메시지로 알려둘까.

현관에서 신발을 신으며 집 안쪽에 대고 불렀다.

"유나, 이만 가자."

"알았어~!"

가벼운 발소리를 내며 다가온 유나가 "짜잔~." 하고 양팔을 펼쳤다.

아무래도 지금 입고 있는 유카타를 보여주고 싶은 듯했다.

노란 꽃무늬가 수놓아져 있어서 어딘지 어린애 같은 인상이 강했다.

작년에도 비슷한 노란색 유카타를 입지 않았던가…….

의기양양한 표정을 지은 유나의 속마음이 들려왔다.

"《후후후. 올해는 새 유카타를 샀단 말이지~!》"

아차……. 새 옷이었나. 위험할 뻔했다.

"오, 새 유카타 샀어? 잘 어울리네."

"헤헤~! 그렇지?! 오빠도 뭘 좀 아네~! ……근데 오빠도 유카타 입지 왜 평상복이야?"

"유카타는 뭐 하러…… 난 됐어…….."

"안 돼! 계절감은 중요하다구! 자자! 도와줄 테니까 빨리빨리!"

"됐다니까 그러네…….."

유나가 재촉해서 기껏 신은 신발을 벗고 다시 방으로 돌아가 유카타로 갈아입게 되었다.

갈색 유카타를 입어보니 줄곧 옷장 안에 넣어뒀던 탓인지 방충제 냄새가 코를 찔렀다.

유나가 내 모습을 빤히 바라보다가 말했다.

"……뭔가 유카타를 입었더니 촌스러워졌어."

시끄럽거든.

네가 입으라며.

"촌스러워서 미안하게 됐네."

"그래도 괜찮지 않아? 벌레도 안 다가올 것 같고!"

"그냥 방충제 냄새 난다고 해라……."

유카타도 입은 김에, 하고 유나가 꺼내 온 나막신을 신고 그제야 집을 나섰다.

◇ ◇ ◇

역시 여름 축제 날인 것도 있어서인지 석양도 지려는 시간인데 축제 회장인 하천 부지의 녹지 공원은 수많은 사람으로 북적이고 있었다.

전철을 타고 여기까지 함께 온 유나가 와아~ 하고 유난스럽게 놀란 반응을 보였다.

"사람이 엄청나! 분명 작년보다 많을 거야!"

"작년보다? 그때도 왔었어?"

"응. 그때는 친구랑 같이 돌아다녔는데 엄청 재밌었어. 특히 불꽃놀이가 되게 예뻐!"

그거 동성 친구지? 이성 친구는 없다고 했었으니까. 이성 친구는 없지만 남자 친구는 있다고 하지는 않을 거지?

이 오빠는 무서워서 확인해보지 못하겠구나…….

녹지 공원 안은 일정한 간격으로 노점이 늘어서 있었는데 야키소바의 소스가 달궈지는 냄새나 솜사탕의 달콤한 냄새 등이 뒤섞여 독특한 냄새가 났다.

"오빠! 이 야키소바 맛있어."

입가에 소스를 묻힌 유나가 야키소바를 먹고 있었다.

"어느 틈에 산 거냐……. 애초에 먹을 건 이따가 사도 되잖아."

"오빠, 그런 사고방식으론 축제에서 살아남지 못해."

여긴 사바나냐.

그 뒤로도 끊임없이 닥치는 대로 식량을 조달하는 여동생에게 질겁하면서도 약속한 연못가에 도착했다.

아직 약속 시각까지는 조금 일렀기에 벤치에 앉아서 쉬고 있으려고 했지만 아무래도 남는 자리가 없는 것 같았다.

연못 주위에 설치된 벤치 대부분을 커플들이 점령하고 있었다.

역시 젊은 남녀가 많은걸…….

다들 '천녀의 중매'가 목적인가?

나랑 똑같은 처지라면 다들 오늘 죽겠지…….

"자! 오빠! 소시지 사 왔어!"

"땡큐."

딱히 허기진 건 아니었지만 주길래 받아먹으니 겉이 탱탱한 게 꽤 맛있었다.

"축제 음식은 평소에 먹는 거랑 똑같을 텐데 뭔가 3할은 더 맛있게 느껴진단 말이지. 왜일까?"

"값이 30% 더 비싸서 그런 게 아닐까?"

"느닷없이 현실적인 소리 하지 마라……. 분위기를 먹는다는 둥, 얼마든지 다른 표현이 있잖아……."

"휘유~! 로맨틱~!"

"시끄럽거든."

조금 전까지는 3할은 더 맛있었던 소시지도 유나 덕분에 완전히 평소의 맛으로 돌아와 버렸다.

다 먹고 남은 막대를 약간 떨어진 위치에 놓인 쓰레기통을 향해 던지자 깔끔하게 들어갔다.

그때 인파 속에서 목소리가 들려왔다.

"코우타, 나이스 슛."

시선을 돌려보니 하늘색 유카타를 입은 미즈키가 주변 인파에 묻히지 않도록 열심히 손을 흔들고 있었다.

"안녕, 미즈키. 빨리 왔네."

겨우겨우 인파를 빠져나온 미즈키는 에헤헤, 하고 살짝 머리를 긁었다.

"모여서 축제 가는 게 처음이라 설레서 일찍 와버렸어."

쑥스러운 듯이 혀를 살짝 내미는 행동이 맹렬하게 귀여웠다.

그리고 그 유카타도 남성용이지만 아주 잘 어울리고.

나중에 악수 좀 해주세요.

미즈키는 평소엔 어깨까지 늘어트린 머리카락을 뒤로 묶어서 보통은 잘 보이지 않는 목덜미를 드러내고 있었다.

나도 모르게 그 목덜미를 응시하고 있으니 내 시선을 깨달았는지 미즈키가 자신의 머리카락을 매만지며 말했다.

"아, 이거? 유카타니까 헤어스타일 좀 바꿔봤어. ⋯⋯어때?"

누가 경찰 좀 불러주세요!

지금 여기에 이성을 잃기 직전인 남자가 있어요!

"어, 어어, 괜찮은 것 같은데?"

내 안의 잠들어 있는 사자를 깨우는 일 없이 어떻게든 태연한 척했지만 목소리가 떨렸고 무엇보다도 눈을 희번덕거리고 있었다.

"코우타 괜찮아? 땀이 많이 나는 것 같은데. 손수건 있으니까 닦아줄게!"

"어?! 아니, 그건——."

내 제지도 듣지 않고 미즈키는 들고 있던 두루주머니에서 손수건을 꺼내 내 이마의 땀을 닦아냈다.

유카타의 넓은 소맷부리에서부터 팔뚝 부근까지 보이는 하얀 살결에 그만 시선이 못 박히고 말았다.

야, 야해!

왜지?! 바다에 갔을 때보다 뭔가 더 야해 보이는데?!

큭……. 지금만……. 지금만 미즈키의 유카타가 되고 싶어…….

"오빠, 뭔가 이상한 생각하지?"

"흐익?!"

돌연히 들려온 유나의 목소리에 어떻게든 이성을 유지할 수 있었다.

유나는 미즈키의 손길을 받는 나를 옆에서 수상하다는 표정으로 흘겨보고 있었다.

"그그그, 그럴 리가. 무슨 이상한 생각을 한다고 그래!"

"흐음……. 아, 그러셔. 《방금 그건 분명 오빠가 야한 책을 새로 사 왔을 때의 표정이었어. 수상해…….》"

넌 어떻게 오빠가 야한 책을 새로 사 왔을 때의 표정을 분간하는 거니?

닦아주자마자 진땀을 빼는 나를 아랑곳하지 않고 미즈키와 유나는 서로 손을 마주 잡고 꺅꺅거리며 폴짝폴짝 뛰었다.

"유나, 오랜만! 유카타 잘 어울리네!"

"미즈키 오빠도 오랜만! 여전히 귀여운걸!"

"차암, 난 남자거든?!"

"아하하! 나도 알아!"

미즈키 잘 들어라.

그건 완전히 여자들의 대화라고.

숨기는 척이라도 해봐라.

즐겁게 화기애애한 분위기로 이야기하는 두 사람 너머에서 인파를 거스르듯이 이쪽으로 접근해오는 인물이 보였다.

역시 왔나…….

그 인물은 우리 앞까지 오더니 우연을 가장하며 놀란 척했다.

"어머나. 미즈키 님과 코우타 님 아니세요. 이런 데서 뵙다니 우연이네요."

그렇게 목소리를 낸 건 코하루였다.

검은색 바탕의 어른스러운 유카타를 입었고 걸음걸이에서부터 기품이 흘렀지만 여전히 그 얼굴에 떠오른 웃음은 어딘가 인형 같아서 꺼림칙해 보였다.

아무래도 수행원은 근처에 없는 듯했지만 분명 이쪽의 모습을 어디선가 감시하고 있을 것이다.

코하루는 태연자약한 태도였다.

"《우선은 우연한 만남인 척 합류해서 이들을 동요시켜 빈틈을 만드는 거예요. 그런 뒤에 그 빈틈을 잘 파고들면 이 자리의 주도권을 쥐는 건 손쉬운 일이죠. 주도권만 쥐면 적당한 이유로 개별 행동을 하게 만든 뒤에 한 사람씩 교묘하게 속여서 불신감을 품게 하는 거예요. 후후후. 저는 이제까지 몇 번이나 그룹의 인간관계를 틀어지게 해서 마음대로 유도해왔죠. 이번에도 제 뜻대로 목적을 이루겠어요.》"

하지만 내심으론 그렇게 득의양양하게 웃고 있었다.

그러나 이어진 유나의 발언에 코하루의 계획은 간단히 무너져 내렸다.

"아! 혹시 언니가 코하루 언니야?! 인형처럼 예쁘네! 오늘은 같이 축제 구경하러 다닌다며? 잘 부탁해!"

"……예?"

인형 같은 코하루의 눈썹에 살짝 힘이 들어갔다.

"아니, 저기……. 응? 같이 축제 구경을 한다고요……? 《그렇게 말하면 마치 처음부터——.》"

"응! 오빠에게 들었어! 우리랑 같이 놀고 싶어서 오빠에게 부탁했다며? 안심해! 유나는 작년에도 이 축제에 온 적이 있어서 여기저기 안내해줄 수 있으니까!"

"그, 그러세요……. 자, 잘 부탁드릴게요……. 《이, 이게 무슨?! 제가 찾아온다는 정보가 누출된 건가요?! 말도 안 돼요! 오늘 오는 건 외부에 알려지지 않도록 감추고 있었는데…… 그랬는데 대체 어떻게…….》"

지금까지 비슷한 수법으로 타인을 함정에 빠트린 코하루라지만 그래도 고양이 첩보원의 존재는 한 번도 생각해 본 적이 없는지 당혹스러운 눈으로 나를 쏘아보았다.

나는 코하루에게 한 걸음 다가가며 생긋 미소 지어 보였다.

"코하루 씨의 수행원분에게 이야기를 들었어. 유나는 내 여동생인데 누구와도 금방 친해지니까 안심해."

"가, 감사……합니다……. 《이, 이 남자! 제가 오는 걸 사전에 알고 있었을 뿐만이 아니라, 제가 친구가 없어서 곤란한 것처럼 말해줬어요! 그렇다는 건 인간관계의 밑바닥인 '친구가 한 명도 없어서 외롭다 보니 따라다니는 사람'으로 인증된다는 거예요! 이래선 이 그룹의 주도권을 빼앗는 게 압도적으로 어려워져요! 하지만 여기서 니타케 코우타의 말을 대놓고 부정하면 동행하는 것도 어려워질 텐데……. 여기서는 말을 따를 수밖에 없겠는걸요…….》"

사전에 뱌쿠야를 통해 코하루가 이 여름 축제에서 수작을 부릴 생각이라는 걸 알았다. 그래서 나는 그에 앞서 다른 일행에게 코하루도 합류한다는 사실을 알리면서 그 코하루가 절실하게 친구를 사귀고 싶어 한다는 식으로 말해뒀다.

그리고 거기에 더해 유나에게는 코하루를 돌봐달라고 부탁해 뒀다. 그렇게 함으로써 코하루는 나와 미즈키뿐만이 아니라 상관없는 유나까지 상대하면서 시간과 노력을 할애하게 된다는 계획이었다.

도묘지 코하루.

너는 지금까지 많은 이들을 불행에 빠트려 왔겠지.

그렇지만 말이야, 이번에도 잘 풀리리라 생각하는 건 오산이다.

타인을 물건으로밖에 보지 못하는 너에게 동정의 여지는 없다.

세상에는 생각대로 되지 않는 게 있다는 것을 하나하나 알려주마.

유나가 코하루의 팔에 달라붙으며 말했다.

"코하루 언니! 빨리 가자!"

코하루는 동요를 겉으로 드러내진 않았다.

"예. 오늘은 잘 부탁드릴게요."

"아하하! 코하루 언니 왜 그렇게 딱딱해!"

그대로 우리 네 사람은 인파를 따라서 축제를 둘러보게 되었다.

앞서 걷는 코하루와 유나의 등을 바라보고 있으니 저번에 카구라네코 신사에서 네코히메 님에게 보여달라고 했던 수정구의 영상이 떠올랐다.

류자키 츠쿠시가 영화관에서 아야노와 미즈키를 목격한 장면이다.

그 후방에는 분명히 도묘지 코하루도 찍혀 있었다.

그걸 통해 코하루는 스스로 타깃, 혹은 타깃에 가까운 이와 접촉해서 행동을 일으킨다는 걸 알 수 있었다.

이번에도 아니나 다를까 수행원도 쓰지 않고 홀로 접촉해 왔다.

아마 지금까지 자신이 많은 이들을 불행에 빠트려 왔기에 부하조차도 믿을 수 없게 된 거겠지.

……하지만 이용할 수 있는 건 무엇이든지 이용할 터였다. 설령 믿지는 못하더라도 반드시 부하를 개입시키리라고 봐야 한다.

그게 만약 남자라면 속마음을 읽을 수 없는 만큼 대처가 어려워지겠지…….

앞서 걷던 코하루가 뒤에서 걷고 있는 나와 미즈키를 힐끗 보았다.

"《칫. 이 유나란 애가 성가시기 짝이 없는데요……. 넷이서 한 그룹이어야 하는데 이래서는 2대2예요……. 사이온지 미즈키와 니타케 코우타의 빈틈을 살펴볼 여유도 없잖아요…….》"

후후후.

어떠냐, 내 여동생이. 엄청나게 오지랖이 넓지?

유나는 코하루의 팔에 달라붙은 채 노점에서 파는 음식을 가리키며 어느 게 맛있는지 하나하나 친절히 설명하고 있었다.

코하루는 그걸 흘려넘기며 주위를 둘러보다가 문득 뽑기 가게 앞에서 걸음을 멈췄다.

"아, 뽑기가 있네요?《후후후. 우선 여기서 사이온지 미즈키와 니타케 코우타의 사이에 금을 내 볼까요.》"

나와 미즈키 사이에 금을 낸다고?

뽑기로?

뭘 할 셈이지……?

뽑기 가게 앞에는 경품이 든 유리 케이스가 몇 개나 놓여 있었는데 거기서부터 붉은 끈 몇 가닥이 뻗어 나와 있었다.

아무래도 저 끈 중에서 하나를 당겨 유리 케이스 안의 경품과 이어져 있으면 그걸 받을 수 있는 형식인 듯했다.

미즈키는 수상쩍다는 표정으로 유리 케이스를 식은 눈으로 보았다.

"이런 거 진짜로 당첨되기는 해?"

그러자 수염이 난 가게 주인이 웃음을 터트렸다.

"하하하! 물론이지. 나는 옛날부터 이 자리에서 건실하게 장사하고 있거든. 1회에 오백 엔이니 운수도 시험해볼 겸 한 번 해보는 게 어떠냐."

미즈키가 말한 대로 이런 건 비싼 경품만 따지 못하게 되어 있다.

인터넷으로 뽑기를 전부 뽑는 동영상을 본 적이 있으니 틀림없다.

역시 이런 뽑기 따위로 나와 미즈키 사이에 균열이 생길 일은 없을 것 같은데…….

미즈키가 관심 없다는 듯이 말했다.

"나는 됐어."

유나는 처음부터 뽑기에는 관심이 없었는지 옆에 있던 오징어 구이 가게에 줄을 서러 갔다.

수염 난 주인이 나에게 타깃을 좁혔다.

"형씨, 어때. 해보지 않겠어?"

이런 건 절대로 당첨되지 않는다.

그건 상식이었다. 돈 낭비일 뿐이다.

그렇지만…….

유리 케이스 안에 있는 신형 게임기가 미칠 듯이 가지고 싶어!

아니, 당첨되지 않는다는 건 안다.

아, 알고는 있지만…….

만에 하나로 저걸 오백 엔에 가질 수 있다면…….

꿀꺽…….

"그, 그럼 한 번만…….

"오백 엔 받았습니다~!"

인간은 왜 이렇게 어리석은 생물인 걸까…….

가게 주인에게 오백 엔을 건네고 유리 케이스 위에 뻗어 나와 있는 붉은 끈을 신중하게 골랐다.

그 모습을 옆에서 보던 미즈키가 어딘가 놀리듯이 말했다.

"뭘 골라도 똑같을걸?"

"시끄럽거든. 내 신들린 뽑기 실력을 보여주마!"

"정체 모를 인형 같은 건 뽑지 말고~."

끝까지 웃음기 어린 얼굴로 보는 미즈키에게 보여주듯이 몇십 가닥이나 있는 붉은 끈 중에서 하나를 기세 좋게 당겼다.

그러자 유리 케이스 안에 담겨 있던 경품 중에서 혀를 내밀고 있는 개인지 고양이인지 모를 이족보행 동물 인형이 뽑혀 나왔다.

진짜로 정체 모를 인형을 뽑아 버렸다…….

"자, 형씨. 경품이야."

오백 엔과 맞바꿔서 뭔 캐릭터인지도 모를 정체불명의 인형이 수중에 남았다.

"어, 어째서 나는 이런 걸 뽑으려고 소중한 돈을……?"

"뭐, 기운 내. 뽑기는 그런 법이잖아."

미즈키가 내 어깨를 손으로 짚으며 다독였다.

그런데 내 추태를 보고 있었음에도 코하루가 의기양양하게 수염투성이 주인에게 말했다.

"그럼 저도 한 번 할게요. 여기, 오백 엔이에요. 《이 가게 주인이 도쿄지 그룹에서 일하는 사원이란 건 몰랐겠죠. 후후후. 이 뽑기 가게뿐만이 아니에요. 매년 이곳에 자리를 편 노점의 반절가량이 도쿄지 그룹과 관련 있는 이들의 가게죠. 물론 사전에 말도 맞춰놨으니까요. 아무것도 모르고 뽑으면 당첨될 리가 없는 이 뽑기도 제가 뽑으면 원하는 걸 뽑을 수 있어요!》"

진짜 치사하게…….

아니, 역시 당첨 안 되는 거냐고!

내 오백 엔 도로 내놔!

코하루가 붉은 끈을 냉큼 잡아당기자 유리 케이스 안의 경품 중 하나가 위로 뽑혀 나왔다.

틀림없이 값비싼 게임기가 뽑혀 나오리라 생각했는데 매달려 있는 건 전혀 별개의 경품이었다.

수염투성이 주인이 시치미를 떼며 말했다.

"오오. 아가씨 축하해. 경품은 손수건이로군. 이거 꽤 좋은 손 수건이야."

손수건?

그 말을 듣고 다시 보니 확실히 손수건이었다.

흑백 체크무늬가 들어간 조금 두꺼운 손수건으로, 가게 주인 의 말대로 고급스러운 천을 쓴 것처럼 보였다.

정말로 그냥 평범한 손수건인데…….

코하루가 가게 주인과 한패였다는 걸 생각하면 이 손수건이 코하루가 뽑고 싶었던 경품이라는 거지?

왜 굳이 손수건을……?

"자, 아가씨."

"감사합니다."

손수건을 건네받은 코하루는 작게 입꼬리를 들어 올렸다.

《이미 구축된 인간관계에 금을 내려면 작은 일격부터 확실 하게 가할 필요가 있어요. 사이온지 미즈키는 지금은 저를 약혼자로 인정하지 않고 있죠. 하지만 이성에게 약혼 신청을 받고 기분이 나쁠 사람은 없어요. 그렇기에 여기서 손에 넣은 손수건을 사이온지 미즈키가 아니라 니타케 코우타에게 선물함으로써 사이온지 미즈키의 내면에 잠들어 있는 질투심을 일깨우는 거예요. 그러므로서 점차 저를 의식하게 되는 거죠.》"

나는 이 도묘지 코하루의 생각을 바로 웃어넘길 수가 없었다.

일반적이라면 '손수건 하나 준다고 해서 달라지는 건 없다', '그렇게 생각대로 될 리가 없다'고 생각하겠지.

하지만 일상적으로 타인의 속마음을 듣고 있는 나는 아주 사소한 일로도 사람의 생각이 180도 변해버린다는 것을 잘 알고 있었다.

그렇구만…….

고작 손수건 하나라고 비웃을 수도 없겠는걸…….

누구라도 질투심은 있다.

이건 그 부분을 교묘하게 파고드는 좋은 작전이었다.

미즈키의 정체는 여자이므로 코하루가 아무리 나에게 호의를 보이는 척한다고 해서 미즈키의 질투심이 나에게 향하는 일은 없다.

그렇지만.

코하루는 모르지만 미즈키의 호의는 지금 나에게로 향하고 있다.

그런 내가 선뜻 선물을 받는다면 미즈키가 나에게 선물을 한 코하루에게 질투심을 품을지, 아니면 쉽게 이성의 선물을 받는 나에게 질투할지가 관건이었다.

전자라면 문제는 없지만 후자라면 나중에 상황이 번거로워질 지도 모른다.

그러면 어떻게 해야 할지…….

코하루는 일부러 미즈키를 무시하며 내 눈앞까지 와서는 철면 피를 깔고 말했다.

"저기, 오늘 저를 불러주신 답례예요. 받아주세요."

불러준 답례라…….

미즈키의 질투심을 부채질함과 동시에 '친구를 사귀고 싶어 서 어떻게든 끼어들어 같이 놀고 싶었던 사람'에서 '친구가 없 는 걸 나에게 배려받은 사람'으로 자신의 인상을 바꾸고 싶은 거겠지.

게다가 답례라고 하면 대놓고 선물을 거절하기도 힘들어진 다…….

그렇다면 여기서는…….

"고마워. 유나, 이거 봐. 코하루 씨가 손수건을 선물해줬어."

오징어구이를 먹고 있던 유나는 어리둥절해했다.

"손수건? 아, 응, 고마워……. 근데 왜 지금 손수건을……?"

오징어구이에 정신이 팔려있던 탓에 완전히 상황 파악을 못 하고 있었지만 이거면 충분했다.

내 반응에 코하루가 내심 혀를 찼다.

"《칫. 지금 반응으론 제가 니타케 코우타에게 손수건을 선물 한 게 아니라 니타케 집안에 손수건을 선물한 게 돼요……. 이래선 사이온지 미즈키의 질투심을 유발하지 못하는데……. 설마 이 남자, 제 의도를 꿰뚫어 보고 대책을 세운 건가요……? 그렇다면 다음은 좀 더 직접적인 다른 방법으로 어프로치를 할 수밖에 없겠는걸요…….》"

직접적인 방법이란 말이지…….

한 번 해보시지.

어떤 사소한 일이라도 무엇하나 네 뜻대로 돌아가게 둘 것 같아?

그 뒤에는 사격 게임이나 고리 던지기 게임 등에 들렀지만 거기서 코하루가 뭔가 수작을 부린 적은 한 번도 없었다.

그뿐만이 아니라 다음에 들릴 노점을 찾아 돌아다니고 있는 지금도 처음에 만들어놓은 유나와 코하루, 나와 미즈키라는 2대2 페어조차 변하지 않았다.

틀림없이 좀 더 여러 가지로 수작을 부리리라 생각했는데 맥이 빠지는걸…….

이대로 축제가 끝나는 것 아닌가?

불현듯 아야노가 생각나서 핸드폰을 꺼내 봤지만 연락이 온 건 없었다.

『방금 고리 던지기 끝났어. 이어서 하천 부지 쪽으로 가는 중.』

혹시 몰라 아야노가 언제라도 합류할 수 있도록 그때그때 이쪽의 위치를 전해두고는 있었지만 이 분위기로 봐서는 마지막까지 오지 못할지도 모르겠다.

모처럼이니 함께 둘러보고 싶었는데…….

"얍!"

그때 그런 미즈키의 목소리와 함께 뺨에 차가운 감촉이 닿았다.

보니까 양손에 라무네 음료수를 든 미즈키가 그중 하나를 내 뺨에 대고 있었다.

"앗 차가!"

반사적으로 뒤로 물러나자 여기, 하고 미즈키가 라무네를 건네줬다.

"왜 그렇게 표정이 어두워! 모처럼 축제 보러 왔으면서!"

"아, 응……. 미안……."

"유메미가사키 양에게 연락 온 건 없고?"

아마 몇 번이나 핸드폰을 확인했기 때문이겠지. 내가 아야노를 신경 쓰고 있다는 걸 다 알고 있었다.

"없어. 아마 아직 바쁜가 봐."

"그렇구나……. 유메미가사키 양도 오고 싶어 했는데 아쉽게 되었네……."

"뭐, 어쩔 수 없지. 우리끼리라도 즐기자."

미즈키에게 받은 라무네를 한 모금 마시자 탄산의 자극이 입 가득 펼쳐지며 혀가 아려왔다.

어렸을 때부터 전혀 변하지 않은 라무네의 맛에 안도하고 있으니 앞에서 걷고 있던 코하루가 목소리를 높였다.

"토, 톡 쏘네요?! 뭔가요, 이 음료는?!"

유나가 어안이 벙벙해져서 대답했다.

"아하하. 라무네잖아, 라무네. 코하루 언니는 탄산음료 안 마셔?"

"탄산……? 이게요……?"

"응! 맛있지?!"

코하루는 조심스럽게 라무네를 한 모금 더 마셔 보고는 눈살을 찌푸렸다.

"역시 톡 쏴요! 혀가 아려요! ……아, 그래도 달콤하네요……."

"그치~? 유나는 탄산음료 좋아해!"

그런 천진난만하게 이야기를 주고받고 있는 코하루는 류자키 츠쿠시를 부채질한 사람으로는 도저히 보이지 않았다.

도묘지 코하루는 주위 사람들의 심리를 장악해서 이용해왔다.

분명 그럴 수밖에 없었던 거겠지.

……그래도 동정할 수는 없었다.

어떠한 사정이 있더라도 미즈키를 함정에 빠트리려고 한 사실은 달라지지 않으니까.

그때까지 천진난만하게 라무네를 마시고 있던 코하루의 눈이 히죽거리며 가늘어졌다.

"아, 금붕어 건지기가 있네요. 해보고 싶어요."

금붕어 건지기라······.

금붕어는 아까 줬던 손수건과는 다르게 선물해봤자 키우는 게 귀찮아서 준 것처럼 보일지도 모르고, 아까랑 마찬가지로 유나를 사이에 끼는 방법으로 쉽게 넘어갈 수 있다.

금붕어가 들어 있는 직사각형 수조 앞에 유나와 미즈키가 냉큼 앉았다.

"유나는 금붕어 건지기 잘해!"

"금붕어 건지기 오랜만에 해봐. 아, 툭눈금붕어도 있어!"

이어서 나도 두 사람 옆에 앉자 마지막으로 코하루가 내 오른쪽 옆에 자리를 잡았다.

삼백 엔을 내고 인당 한 개씩 뜰채를 건네받았다.

이제 어떻게 나오려나······.

다음은 직접적인 방법을 취한다고 했는데 대체 무슨 짓을 할 셈이지?

오른쪽에 앉은 코하루 쪽에서 속마음이 들려왔다.

"《니타케 코우타는 오른손잡이죠. 그러니 오른쪽에 자리 잡고 밀착하면 해프닝인 척 니타케 코우타의 팔꿈치에 가슴을 가져다 대는 게 가능해져요. 후후후. 보디터치는 성을 의식하게 하는 가장 간단한 수단이죠. 그대로 니타케 코우타에게 나에 대한 호의를 심어서 약혼자인 사이온지 미즈키가 질투하게 만들면 우정은 간단히 무너져 내릴 거예요. 역시 연애 사정이 가장 내부 분열을 일으키기 쉬우니까 말이죠.》"

가슴을 가져다 댈 셈인가······.

정말로 직접적인 방법인걸……

그렇지만 그 생각을 들어버린 이상은 작전에 넘어갈 일은 없어!

나는 오른손이 아니라 왼손으로 뜰채를 쥐고 그대로 헤엄치고 있는 금붕어를 노렸다.

그 순간 코하루가 고개를 갸웃거렸다.

"어, 어머나? 코우타 님은 오른손잡이가 아니셨나요?"

"응? 아, 말한 적 없었나? 난 금붕어 건지기를 할 때만 왼손을 써."

"그, 그러시군요……. 《뭐라고요?! 그런 이상한 사람이 있단 말인가요?!》"

큭큭.

어떠냐. 이 뻔뻔한 대답이.

확실히 코하루의 작전대로 보디터치는 서로의 거리를 좁히거나 성을 의식하게 만드는 데 딱 좋은 수단이다.

나도 이때까지 몇 번이나 그런 상황과 맞닥트려 왔으니까 말이지……

생각만 해도 낯부끄러워지기 시작하는데……

생각대로 되지 않자 코하루는 열이 뻗친 모양이었다.

"《할 수 없죠……. 그렇다면 다음 방법이에요. 금붕어 건지기를 못하는 척해서 니타케 코우타에게 가르침을 받는 거예요. 인간이란 자신의 지식을 피로하는 것에서 쾌감을 느끼는 생물이죠. 분명 제가 의지하면 성심성의껏 가르쳐줄 거예요. 그러면 친밀해지는 저와 니타케 코우타를 보고 사이온지 미즈키가 의식하게 될 터.》"

금붕어를 건지려고 한 코하루가 뜰채를 어이없이 찢어먹고 말았다.

"어머나. 아쉽게도 찢어져 버렸네요……. 코우타 님, 괜찮으시면 하는 법을 가르쳐—— 어?!"

코하루는 할 말을 잃은 듯했다.

왜냐하면 이미 내 뜰채는 금붕어를 한 마리도 건지지 못한 채 무참하게 찢어져 있었기 때문이다.

코하루의 눈이 휘둥그레졌다.

"《버, 벌써?! 이 남자 압도적으로 금붕어 건지기를 못 하잖아요?! 큭! 이래선 금붕어 건지기를 가르쳐달라고도 하지 못하는데……. 그, 그렇다면!》"

코하루가 험상궂게 생긴 가게 주인에게 눈짓을 보내니 주인이 발치에서 뜰채를 두 개 집어 들었다.

"아가씨랑 형씨는 너무 금방 찢어버렸으니 하나씩 서비스해줄게."

"어머나! 감사드려요!"

여기 주인도 한패였냐…….

"가, 감사합니……다?"

나에게 건네준 뜰채에는 아까보다도 확연하게 두꺼운 한지가 붙어있었다.

이래선 평범하게 쓰면 안 찢어질 텐데…….

코하루 이 자식……. 내가 뜰채를 쉽게 찢어먹지 못하도록 일부러 튼튼한 뜰채를 건네게 시켰겠다…….

코하루가 득의양양하게 미소 지었다.

"《그건 어린이용 뜰채를 개량해서 더욱 튼튼하게 만든 것이죠. 그리 쉽게는 찢어먹지 못할 거예요.》"

코하루의 말대로 확실히 이 한지의 두께로는 설령 물을 먹더라도 금붕어가 찢는 건 어려울 것이다.

그래서 나는 일부러 대량의 금붕어 가운데서 가만히 몸을 숨기고 있는 연못거북의 몸 아래로 뜰채를 집어넣었다.

코하루가 침을 꿀꺽 삼켰다.

"《서, 설마…… 그 허접한 실력으로 연못거북을 노리는 건가요……? 무, 무슨 이런 사람이……. 바로 전에 금붕어 한 마리도 못 건지고 탈락했으면서 학습 능력이 전무하잖아요…….》"

할 말 못 할 말 다 하는구만…….

집어넣은 뜰채를 연못거북의 복부에 대고 그대로 밑바닥에서부터 힘차게 들어 올리자 연못거북의 무게와 물의 압력으로 인해 튼튼한 뜰채도 간단히 찢어졌다.

훗. 내 손에 걸리면 이 정도 뜰채는 순식간에 찢어먹는다고.

"《이이익……. 설마 니타케 코우타가 이렇게까지 손재주가 없었을 줄이야…….》"

조용하게 불꽃을 튀기는 우리와는 다르게 미즈키와 유나는 즐겁게 금붕어를 건지며 꺅꺅거리고 있었다.

어라? 우리가 왜 이런 짓을 하고 있지……?

순간적으로 목적을 깜빡할 뻔했지만 건져낸 금붕어를 담아준 봉지를 건네받은 미즈키의 말에 금방 현실로 돌아왔다.

"아! 곧 불꽃놀이 할 시간이야! 어디 좋은 자리를 잡으러 가자!"

핸드폰으로 시간을 확인해보니 확실히 앞으로 몇 분만 지나면 불꽃놀이가 시작될 시간이었다.

결국 아야노는 제때 오지 못했나…….

"그럼 다른 장소로 이동할까. 사전에 불꽃놀이를 볼 수 있는 괜찮은 자리를 알아봐 놨어."

"그래? 역시 코우타야! 시간이 넘쳐나는구나!"

"아니, 왜 칭찬은 못 해줄망정 비꼬는 거야. ……뭐, 여름 방학 내내 한가하기는 했다만."

오른쪽 옆으로 시선을 옮겨보니 코하루도 이미 새로 건네받은 뜰채에 구멍을 낸 뒤였다.

코하루는 불만스러운 표정으로 다 쓴 뜰채를 가게 주인에게 돌려주고 있었다.

"《설마 이다지도 생각대로 되지 않을 줄이야……. 지금까지는 훨씬 간단하게 성공시켰었는데……. 이게 전부 이 니타케 코우타라는 남자 때문이에요……. 그리고 이 남자, 제 수행원에게 제가 이곳에 온다는 이야기를 들었다고 했었는데 그렇게 생각하기는 힘들어요……. 어디선가 정보를 손에 넣은 건 분명한데 그 방법이 짐작이 가질 않네요……. 후우……. 다시 작전을 짜서 재도전하는 편이 좋을지도 모르겠는걸요.》"

재도전한다니…….

아직도 이런 짓을 계속할 셈인 거냐…….

제발 적당히 좀 해라…….

유나는 이미 금붕어 건지기 가게에서 멀어져서는 이쪽을 향해 손을 흔들고 있었다.

"오빠들 빨리 가자! 불꽃놀이 보러 간다며~!"

미즈키도 그런 재촉에 유나 곁으로 총총히 달려갔다.

나는 자기 마음대로 일이 풀리지 않아 낙담한 코하루에게 말했다.

"그럼 우리도 갈까."

"그래요……. 《뭔가 오늘은 많이 피곤하네요……. 불꽃놀이를 보고 바로 집에 돌아가서 잠을──.》"

그 일은 갑작스럽게 일어났다.

그때까지 앉아서 금붕어 건지기를 하고 있었던 탓인지 코하루가 일어선 순간 균형을 잃고 휘청거렸다.

순간적으로 코하루를 받쳐주려고 두 손을 뻗었지만 반응이 늦어서 나는 그대로 코하루에게 밀쳐지는 듯한 모양새로 바닥에

쓰러지고 말았다.

코하루가 덮쳐오며 느껴진 충격과 등에 자갈이 쓸리는 감촉.

등에 둔한 통증이 느껴졌고 계속 앉아있느라 다리가 저릿저릿 아팠다.

그렇지만 무엇보다도…….

내 뺨에 살짝 닿은 코하루의 입술 감촉이 가장 인상적이었다.

"어……?"

사고가 따라가지 못했다.

전신의 통증마저도 날아가는 듯한 뺨에서 느껴진 충격.

설마, 하고 머리를 굴려보았다.

코하루가 일부러 쓰러진 건가? 아니, 그런 분위기는 아니었다.

하지만 보디터치는 가장 간단히 상대를 의식하게 만드는 행위였다.

그게 키스라면 말할 것도 없다.

아뿔싸…….

이건 위험한데…….

이 상황을 만약 미즈키가 봤다면…….

주의사항 네 번째, 『사용자에 대한 이성의 호감도가 급격히 저하되어 부정적인 감정이 비대화 되면 그에 비례해서 속마음의 음

량이 커지며 사용자에게 두통이 발생한다. 악화되면 죽는다」.

뇌리에 스친 건 내 목숨이 걸린 능력의 주의사항이었다.

황급히 코하루를 밀치며 미즈키 쪽을 보았다.

미즈키는 나에게 호의를 가지고 있다.

좋아하는 상대가 이성에게 키스를 받는 순간은 보면 누구라도 동요할 것이다.

그렇게 되면 내 경우엔 바로 두통이 일게 된다.

미즈키는 인파 속에 있었다.

하지만 유나와 함께 다른 노점 쪽에 시선을 향하고 있어서 방금 여기서 일어난 일은 전혀 보지 못한 듯했다.

다, 다행이다…….

못 봤나 본데…….

어떻게 목숨은 건졌——.

"《코우……. 어째서……?》"

마치 뒤통수를 둔기로 얻어맞은 듯한 충격이 덮쳐왔다.

"윽, 아아악!"

지금까지 느껴 본 적도 없는 통증은 바로 죽음을 연상케 했다.

어, 어째서?!

미즈키는 못 봤을 텐데?!

그, 그런데 대체 누가?!

두통으로 어질어질한 시야 속에서.

아주 잠시 인파가 좌우로 열리며 그 안쪽에 서 있던 인물이 눈에 들어왔다.

"아, 아야노……?"

거기에 있던 건 두루주머니를 들고 붉은 유카타를 입은 채 망연히 이쪽을 바라보고 있는 아야노의 모습이었다.

다만 그런 아야노의 얼굴은 새파랗게 질려서 당장에라도 터져 나올 듯한 울음을 필사적으로 참고 있었다.

설마……. 본 건가?

방금 코하루에게 키스를 받은 순간을……?

등이 오싹해지는 가운데 재차 속마음이 들려왔다.

《코우가……. 방금 저 여자에게 키스를 받았어……?》

큰일 났다.

봐버렸어. 봐버렸어. 봐버렸어.

쿵쿵쿵, 하고 심장 소리가 격렬해지는 게 느껴졌다.

심상치 않은 크기의 심장 소리.

이런 상태로 이 이상 거리가 가까워지면 정말로 죽을지도 모른다.

일단 거리를 벌릴 수밖에 없다.

……아니, 진정하자. 섣부르게 행동하면 안 돼.

아야노는 어디서부터 본 거지?

내가 키스 받은 부분부터인가?

아니면 코하루가 균형을 잃어서 그걸 받쳐주려고 한 부분부터인가?

후자라면 지금은 혼란한 것뿐이니 금방 설득할 수 있을 터.

그래. 조바심을 낼 필요는 없다.

나는 안다. 이 두통은 대부분 일시적이었다.

그렇다면 한마디 말만 하면 된다. 아야노의 오해를 풀면 금방 수습될 터였다.

나는 인파 속에서 우두커니 선 아야노를 향해 목소리를 높였다.

"아야노, 잠깐만. 방금 이건——."

침착하게 행동했다고 생각했다.

하지만 나는 흉기로 변한 속마음을 겨눈 아야노를 눈앞에 두고 완전히 동요해버려서 간과하고 있었다.

적이 바로 옆에 있다는 사실을.

내가 아야노를 설득하려고 목소리를 낸 순간, 내 팔을 꽉 끌어안는 감촉이 느껴졌다.

코하루였다.

코하루가 내 팔을 끌어안고 아야노를 도발한 것이다.

코하루는 악마처럼 득의양양하게 웃었다.

"《찾았어요. 니타케 코우타의 약점을!》"

코하루의 속마음이 이어서 들려왔다.

"《키스는 우연에서 비롯된 사고였지만 그 덕분에 드디어 파고들 틈을 찾았어요. 조사로 전부터 니타케 코우타와 유메미가사키 아야노가 친밀한 관계인 건 알고 있었지만 설마 키스를 목격한 것만으로 저 정도로 동요하다니⋯⋯. 유메미가사키 아야노는 좀 더 냉정한 성격이라고 생각했는데 아무래도 착각이었나 보네요.》"

큭?!

이 여자가!

황급히 코하루의 팔을 뿌리쳤지만 이미 물은 엎질러진 뒤여서 아야노의 속마음이 보이지 않는 포탄처럼 덮쳐왔다.

"《뭐야? 팔짱을 꼈어? 어째서? 둘이 사귀는 거야? 언제부터? 내가 먼저 코우를 좋아했는데⋯⋯. 그런 거 아니지? 내가 잘못 본 거지? 코우야, 뭐라고 말 좀 해봐!》"

코에서 피가 뿜어져 나와서 그 자리에 무릎 꿇자 유나와 미즈키도 그제야 분위기가 이상하다는 걸 깨달았는지 달려왔다.

"코우타?! 괜찮아?!"

"오빠 코피 나! 티슈가 어딨지?!"

트, 틀렸어…….

아야노가 혼란에 빠진 지금 상황에서 대화로 푸는 건 무리다…….

그럼 역시 여기서는 거리를 벌리는 편이 현명한가…….

코피를 닦으며 그런 생각을 하고 있었는데 이어서 들려온 아야노의 속마음은 뜻밖의 내용이었다.

"《아니야……. 코우가 나에게 말도 없이 다른 사람과 사귈 리가 없어. 마, 만약 코우가 정말로 저 사람과 사귀고 있다면 반드시 나에게 말해줄 거야……. 그, 그리고 방금 키스도…… 저 여자가 강제로 코우를 덮친 것처럼 보였어……. 분명 이유가 있겠지……. 확실한 사실을 들어야 해!》"

키스라는 결정적인 장면을 목격해버린 탓인지 아야노의 동요는 아직도 사라지지 않고 속마음은 여전히 내 머리에 쑤시는 듯한 통증과 함께 들려왔다.

그러나 지금까지 쌓아온 신뢰가 그걸 웃돈 덕분인지 아야노는 그 이상 혼란스러워하는 일 없이 이쪽의 말에 귀를 기울이려고 했다.

이전에는 아야노의 호감도를 올릴 때마다 네코히메 님에게 잔소리를 들었었다.

하지만 그 호감도는 서로에 대한 신뢰로 변해 지금 이렇게 내 목숨을 구해주려 하고 있었다.

내가 선택한 길은 결코 잘못된 길이 아니었다.

아야노의 반응이 나에게 그런 확신을 주었다.
나는 다시 한번 큰 소리로 소리쳤다.
"아야노, 내 말 들어봐. 방금 그건 어쩌다 보니——."

퍼어어어어어어어어엉, 하고 땅이 울리는 듯한 소리가 나며 내 말이 가려졌다.

주위에서 환호성이 터져 나오며 모두가 밤하늘을 올려다보았다.
밤하늘에는 눈부실 정도로 환하게 빛나는 불꽃이 수놓아져 있었다.
마침내 불꽃놀이가 시작되었다.
……아니, 시작되어 버렸다.
나는 재차 아야노를 향해 외쳤다.
"방금 그건 어쩌다 보니——."
하지만 이번에도 불꽃 소리가 내 말을 가렸다.
"어쩌다가——."
이번에도.

"우리는 사귀지──."

이번에도.

몇 번을 소리쳐도 내 말은 불꽃 소리에 지워지며 인파 너머에 있는 아야노에게는 가닿지 않았다.

내 유일한 무기라고도 할 수 있는 '말'이 막혀버렸다.

한마디의 말이면 된다.

아야노가 내 말을 기다려주고 있는데.

이쪽의 사정을 모르는 아야노는 한 걸음, 또 한 걸음 이쪽으로 다가왔다.

《괜찮아……. 코우의 이야기를 듣자……. 최악의 가정은 하지 마…….》

필사적으로 불안을 억누르며 어떻게든 침착함을 유지하려고 하는 아야노가 다가올 때마다 속마음도 커져서 내 목숨이 서서히 깎아져 나가는 듯한 감각이 들었다.

두통에 신음하는 머릿속에 코하루의 속마음이 파고들어 왔다.

"《설마 이 정도로 동요를 드러낼 줄이야……. ……좋은 생각이 났어요. 저와 니타케 코우타가 사귄다는 거짓말을 해봤자 어차피 금방 들통날 거예요. 그렇다면 다시 한번 유메미가사키 아야노의 눈앞에서 니타케 코우타에게 키스를 해보죠. 물론 이번에는 입에 대고……. 그러면 설령 저와 니타케 코우타가 사귀는 게 아니라는 사실이 발각되더라도 그 기억은 유메미가사키 아야노의 머릿속에 깊이 새겨지게 되겠죠. ……앞으로 평생 잊지 못할 정도로 말이죠. 후후후. 그런 다음엔 그 틈을 파고들면 손쉽게 제 뜻대로 조종할 수 있을 거예요.》"

아야노의 눈앞에서 키스를 한다고……?

그런 짓을 당하면 아마 이번에야말로 나는 죽게 될 것이다.

아무리 아야노가 나를 믿어주고 있더라도 눈앞의 현실까지는 지우지 못한다.

지금의 나에게 남겨진 선택지는 두 가지다…….

불꽃 소리가 들리지 않는 곳까지 가서 아야노에게 사정을 설명하거나, 불꽃놀이가 끝날 때까지 멀리 도망쳤다가 아야노의 마음속이 진정되었을 무렵에 돌아와 사정을 설명하는 것이다.

일단 설명을 하면 분명 금방 이해해줄 것이다.

하지만 그러기 위해서는 우선 거리를 벌리지 않으면 위험하다.

이 이상 다가와 버리면 정말로 죽게 된다.

아야노 미안…….

마음속으로 아야노에게 사과한 뒤 등을 돌리고 반대 방향으로 달려 나갔다.

나의 갑작스러운 행동에 미즈키와 유나의 눈이 동그래졌다.

"어, 코, 코우타?!"

"오빠?! 달리면 위험해!"

아무튼 지금은 달리자!

아야노와 거리를 벌리는 거야!

아야노가 있는 방향과는 반대쪽의 인파 속으로 뛰어 들어가 사람들 사이로 나아갔다.

그러자 곧바로 후방에서 코하루가 나를 뒤쫓아 왔다.

"《어딜 도망치죠?! 반드시 키스를 하겠어요!》"

이어서 아야노도 황급히 달리기 시작했다.

"**《코우타! 기다려! 제대로…… 제대로 이야기를 해줘!》**"

상황 파악이 안 된 유나와 미즈키만 시로의 얼굴을 마주 보고 고개를 갸웃거리며 그 자리에 머물렀다.

축제 회장인 녹지 공원의 지도는 머릿속에 집어넣어 뒀다.

문제는 없다. 이대로 달리면 도망칠 수 있어!

인파를 헤치며 공원 밖을 향해 전력으로 땅바닥을 박찼다.

하지만 달리던 도중에 오른손에 통증이 일며 몸이 뒤쪽으로 크게 잡아당겨졌다.

누군가에게 팔을 붙잡힌 것이다.

설마 두 사람 중 한 명이 벌써 따라잡은 건가?!

바로 내 팔을 잡은 상대의 얼굴을 확인해봤지만 본 적도 없는 사람이었다.

축제 분위기에 어울리지 않는 검은 양복을 입고선 나를 매섭게 노려보고 있었다.

이 자식 설마 코하루의 수하인가?!

검은 옷의 손을 뿌리치려고 했지만 상대의 힘이 강해서 생각대로 되지 않았다.

그러고 있는 사이에 코하루와 아야노와의 거리가 착실하게 좁혀졌다.

주위를 둘러보니 이 검은 양복 말고도 나를 빤히 노려보며 이쪽으로 다가오는 몇 명의 사람들이 있었다.

이미 둘러싸인 건가…….

가능하면 비장의 수는 마지막까지 남겨두고 싶었지만 어쩔 수 없나…….

숨을 크게 들이마신 나는 주위에 울려 퍼질 정도로 크게 외쳤다.

"뱌쿠야아아아아아아아아아!"

그 전력의 외침마저도 간단히 불꽃 소리에 가려져 버렸다.

하지만 내가 부른 건 인간이 아니었다.

인간보다도 훨씬 귀가 좋은 고양이었다.

"야옹."

어디선가 그런 고양이 울음소리가 들린 듯한 기분이 들었다.

그 직후에 그때까지 불꽃을 올려다보고 있던 사람들이 당황한 기색으로 발치로 시선을 내렸다.

"뭐, 뭐지?! 방금 뭔가가 지나갔는데?!" "꺅?!" "으악?! 뭐야?!" "이쪽에도 있어!" "쥐인가?!" "아니, 고양이야!"

내 부름에 응한 건 뱌쿠야가 이끄는 길고양이 군단이었다.

그 즉시 나타난 고양이들은 정확하게 나의 적을 선별하고는 일제히 덮쳐들어 시야를 가렸다.

어디선가 나타난 뱌쿠야가 내 어깨에 폴짝 올라타더니 그대로 몸을 돌려 내 팔을 붙잡고 있는 검은 옷의 얼굴을 발톱으로 긁었다.

"큭?! 뭐, 뭐야, 이 고양이는?!"

뱌쿠야의 일격에 주춤한 상대가 손을 놓은 순간, 나는 재차 달려 나갔다.

"앗?! 이, 이게?! 거기 서!"

후방에서 잠시간 남자가 소리치고 있었지만 그것도 금세 고양이들의 물결에 휩싸여 보이지 않게 되었다.

"땡큐, 뱌쿠야! 길고양이들! 또 선물 들고 갈 테니까 기대하고 있어!"

확실하게 대비해두려고 나는 사전에 뱌쿠야를 비롯한 길고양이들에게 네코히메 님을 통해 협력을 요청해두었다.

또 뉴스로 나올 것 같지만 어쩔 수 없었다.

이쪽은 목숨이 달려 있으니까.

이곳 녹지 공원은 커다란 연못을 에워싼 모양새로 만들어져 있다.

그래서 길을 따라 설치된 노점도 자연스럽게 원을 그리듯이 늘어서 있었다.

저쪽 옆길을 통해 대로로 나가면 도망칠 수 있어!

그렇게 생각하며 모퉁이를 돌려고 했지만 험상궂은 남자들 몇 명이 대놓고 인파를 헤치며 험악한 표정으로 주위를 둘러보고 있었다.

아마도 노점을 운영하던 도묘지 그룹의 인간들이겠지.

코하루가 나를 붙잡도록 지시를 내린 게 틀림없었다.

이미 고양이들은 전부 다 나오고 없었다. 같은 수단은 쓰지 못한다.

이 길이 안 된다면 남는 건…….

사전에 머릿속에 넣어둔 지도를 필사적으로 떠올리며 빠져나갈 길을 찾았다.

상황으로 봐서 사람이 많이 다니는 길은 피하는 편이 좋은가…….

그렇다면…….

나는 대로와는 정반대에 있는 하천 부지 방면으로 걸음을 옮겼다.

그곳에는 고가선 아래로 공중화장실이 외따로 설치되어있었는데 그 뒤로 눈에 띄지 않는 위치에 주택가로 이어진 샛길이 뻗어 있었다.

조심스럽게 샛길 안쪽을 확인해보니 아무래도 이 길의 존재를 추격자들은 파악하지 못했는지 달리 인기척은 없었다.

좋아. 괜찮아 보인다.

안도하면서 가슴을 쓸어내린 것도 잠시뿐으로 뒤에서 목소리가 따라왔다.

"잠시만 기다려주세요, 코우타 님! 《절대로 놓치지 않겠어요!》"

코하루의 목소리였다.

"《코우타, 부탁이니 제대로 나와 이야기를 해줘!》"

이어서 아야노의 속마음도 들려왔다.

아야노 쪽은 아직도 속마음이 머릿속에 웅웅 울릴 정도로 컸다.

돌아보면 바로 보일 정도로 가까운 위치에서 두 사람을 발견한 나는 서둘러서 샛길에 발을 들였다.

연못을 둘러싼 노점이 늘어선 길과는 다르게 이쪽의 샛길은 자갈이 많고 점토질이라 울퉁불퉁했기에 방심하면 발을 접질릴 것 같아서 자연스럽게 속도가 떨어졌다.

다시 한번 돌아보며 두 사람을 보니 거리는 일정한 간격을 유지한 채 벌어지지 않았다.

진정하자……. 떨쳐내지는 못하지만 따라잡힐 일도 없다.

이대로 주택가로 빠져나가기만 하면 모퉁이를 몇 번 돌아서 뿌리칠 수 있을 것이다.

조금만 더!

조금만 더 가면 공원에서 나갈 수 있어!

그것만 생각하면서 쉬지 않고 달리던 나는 걸음을 멈추고 말았다.

말도 안 돼…….

눈앞에는 있을 리 없는 펜스가 설치되어 길을 완전히 가로막고 있었다.

『임시 자재 보관소 설치에 따른 통행금지』

　자재 보관소?!
　펜스 너머에는 베니어판와 가스봄베 등이 빈틈없이 쌓여 있어서 설령 펜스를 뛰어넘더라도 도무지 앞으로 나갈 수 있을 것 같지 않았다.
　아뿔싸! 통행이 적은 이 길은 축제 땐 통행금지가 되는 건가?!
　사전에 지도는 머릿속에 넣어두었다.
　하지만 축제 때 어느 길이 통행금지가 되는지는 상정해두지 않았었다.
　좌측에는 산울타리로 된 높은 담벼락이 있고 우측에는 집회소의 건물이 있어서 지나갈 수 없었다.
　젠장! 완전히 막다른 길이잖아!
　타다닥, 하고 바로 뒤에서 발소리가 들려서 돌아보니 숨을 헐떡이는 코하루에게 따라잡혀 있었다.
　"《후후후. 더는 도망 못 쳐요, 니타케 코우타.》"
　서서히 다가오는 코하루.
　그 뒤에 멀리 떨어진 위치에서 이쪽을 향해 달려오는 아야노의 모습이 보였다.
　아야노는 코하루보다 훨씬 멀리 있었는데 속마음은 비교가 되지 않을 정도로 컸다.

"《찾았어! 코우야! 겨우 따라잡았어!》"

뚜둑, 하고 무언가가 끊어지는 듯한 소리가 머릿속에서 울리더니 직후에 멎었던 코피가 후두둑 흘러내리기 시작했다.

순간적으로 코하루에게 받았던 손수건으로 코피를 막고 있으니 그때까지 천천히 거리를 좁혀오던 코하루의 속마음이 커졌다.

"《됐어요! 지금 접근하면 완전히 자빠트릴 수 있어요!》"

그 속마음대로 코하루가 이쪽을 향해 달려들었다.

그러나 코하루의 습격을 이미 속마음으로 들려던 나는 달려든 코하루의 몸을 완벽히 피해서 그대로 좌측에 있는 산울타리에 처박히게 했다.

꼴사납게 산울타리에 상반신이 처박힌 코하루가 엉덩이만 내민 상태로 몸부림쳤다.

"꺅?! 이, 이게?! 안 빠지잖아요! 어떻게 된 건가요! 아니, 좀!"

이걸로 코하루는 움직이지 못한다.

강제로 키스를 해서 아야노에게 트라우마를 심어준다는 작전은 실패로 끝났다.

그렇지만 문제는 아야노 쪽이었다.

내가 막다른 길에 몰려서 움직이지 못한다는 걸 안 아야노는 달리던 걸 멈추고 걸어서 이쪽으로 다가오며 숨을 골랐다.

"《믿고 싶어……. 코우……. 부탁이야……. 아까는 어쩌다 보니 그렇게 된 거라고 말해줘…….》"

아야노의 속마음이 머릿속에 울릴 때마다 시야가 어지럽게 흔

들려서 서 있는 것조차 벅차 그 자리에 무릎을 짚고 말았다.

"아, 아야노, 난——."

말해보지만 불꽃 소리에 전부 가려졌다.

불꽃놀이가 끝날 때까지는 아직 한 시간 이상이나 남아 있었다.

틀렸다…….

이 이상은 방법이 없다…….

설령 속마음을 듣고 상대가 원하는 말을 안다고 해도 그 말을 전할 방법이 없으면 의미가 없다…….

……말을 전할 방법?

잠깐만…….

내 뇌리에 이전에 미즈키에게 들었던 '천녀의 중매' 이야기가 떠올랐다.

그 이야기에 나온 소꿉친구는 다리 위에서 사랑을 고백하기 전에 편지로 상대를 그 장소로 불러내지 않았던가?

……그래! 편지야!

핸드폰의 메시지 기능을 쓰면 내 말이 불꽃 소리에 가려질 걱정은 없어!

나는 서둘러서 핸드폰을 꺼내 코하루와의 일은 사고였다는 내용의 문장을 입력하기 시작했다.

하지만 그 순간, 내가 핸드폰을 조작하는 걸 본 아야노가 행동을 일으켰다.

《왜 지금 핸드폰을 보는 거야……? 왜 나를 봐주지 않는 건

데……. 코우! 코우! 코우!》"

내가 핸드폰을 만진 탓에 아야노가 더 조바심을 내기 시작했다.

그 결과로 그때까지 걸어오며 호흡을 가다듬던 아야노가 참지 못하고 다시 뛰어오기 시작했다.

아뿔싸…….

이래선 제때 문장을 입력하지 못해…….

그리고 이 상황에서 아야노가 핸드폰을 확인해줄 것 같지도 않고…….

끝장이다…….

나는 여기서 정말로…….

아야노가 거리를 좁힘에 따라 속마음이 흉기가 되어 내 머리에 쑤셔 박혔다.

그런 상황에서 지금까지의 기억이 마치 주마등처럼 떠올랐다.

미즈키가 놀이공원에 가는 걸 비밀로 하고 나를 불렀을 때 나눴던 통화…….

'그럼 어디 가는지는 만난 뒤에 알려줄 테니 기대해.'

'왜 굳이 비밀로……. 설마 또 이상한 파티에 데려가려는 건 아니겠지?'

'아하하! 그건 아니고 더 즐거운 곳이야!'

'즐거운 곳? 어딘데?'

'후후후~. 비밀~.'

맞아…….

그때 미즈키는 어떻게 나에게 비밀로 할 수 있었던 거지?

속마음이 들리는 나에게 어떻게……?

아니, 떠올려 봐라…….

지금까지 한 번이라도 그런 적이 있었나……?

통화 중에 상대의 속마음이 들렸던 적이.

매달릴 수밖에 없었다.

그 불확실한 가능성에.

나는 핸드폰으로 문장을 입력하던 걸 멈추고 대신 통화 버튼을 눌렀다.

아마도 아야노가 들고 있는 두루주머니 안에 핸드폰이 들어 있을 것이다.

하지만 아야노는 그걸 깨닫지 못했다.

그렇다면!

아픈 머리를 필사적으로 견뎌낸 나는 일어서서 코피를 닦으며 핸드폰을 귀에 대고 아야노에게 시선을 보냈다.

아야노는 그래도 보폭을 좁히지 않았다.

"《코우가 이쪽을 보고 있어……. 분명 코우도 나와 이야기가 하고 싶은 거야……. 여기까지 도망친 이유도 알 것 같아…….》"

아야노는 전화가 온 걸 깨닫지 못했다.

"《분명 그런 장면을 본 내가 혼란에 빠져서 코우에게 따지리란 생각에 도망쳤겠지……. 분명 지금까지의 나라면 그렇게 했을 거야…….》"

이제 거리는 상당히 가까워져 있었다.

부탁이야! 아야노!

핸드폰을 봐줘!

"《그래도 이젠 아니야. 나는 코우를 믿고 있어. 그러니 목소리를 들려줘! ……응? 내 핸드폰이 울리고 있어? 그리고 자세히 보니 코우도 핸드폰을 귀에 대고 있고……. 설마…….》"

아야노가 걸음을 멈췄다.

그리고 두루주머니에서 머뭇머뭇 핸드폰을 꺼내더니 내 이름이 표시되어있는 것을 보고 눈을 번쩍 떴다.

"《코우의 전화야!》"

삑, 하고 통화가 연결된 소리가 나더니 수화기에서 아야노의 목소리가 들려왔다.

『코우, 타? 뭐야? 왜 전화를?』

눈앞의 아야노에게서는 여전히 혼란스러워하는 속마음이 대음량으로 들려왔다.

하지만 그 속마음은 결코 수화기를 통해 가까워지지는 않았다.

역시 속마음은 전화론 들리지 않는 모양이었다.

안도의 한숨을 내쉬며 대답했다.

"불꽃 소리가 시끄러워서."

『그래……?』

아야노가 불안한 표정으로 물었다.

『키스, 했었지…….』

"그랬지."

『그건 사고……였지?』

"맞아."

『역시…….』

마치 사전에 알고 있던 대답을 들은 것처럼 아야노는 진정되었는지 그때까지 들려오던 속마음도 서서히 작아져 갔다.

아야노는 핸드폰을 귀에 댄 채 다시금 이쪽으로 접근해왔다.

방금까지 머릿속에 울리던 속마음을 떠올리고 한순간 흠칫했지만 움직이지 않고 그 자리에서 아야노를 기다렸다.

아야노가 눈앞에서 멈춰 섰다.

이미 육성이 들릴 거리까지 가까워졌지만 여전히 서로 귀에 핸드폰을 대고 있었다.

이어서 나를 매섭게 쏘아본 아야노의 눈은 어딘가 불안한 기색으로 일렁였다.

"부탁이니까 더는 누구와도 키스하지 마."

단호한 그 박력에 나는 조용히 고개를 끄덕였다.

"미, 미안……."

일단 사과를 하자 아야노는 납득했는지 통화를 끊었고 나도 따라서 핸드폰을 집어넣었다.

아야노는 눈물을 글썽이며 마지막으로 한마디 덧붙였다.

"약속이야……."

그 불안한 표정을 보고 심장이 크게 뛰었다.

"으, 응……. 약속할게."

"응. 약속."

안심한 것처럼 아야노가 살짝 미소를 지으니 그때까지 산울타리에 처박혀 있던 코하루가 푸하, 하고 그제야 상반신을 빼냈다.

코하루는 헉헉, 하고 숨을 헐떡이며 잎사귀가 덕지덕지 붙은 머리칼을 마구 털어낸 뒤 다시 이쪽을 노려보았다.

"큭……. 이런 굴욕은 처음이에요……. 절대로 용서 못──."

아야노가 위협적으로 말하던 코하루의 멱살을 쥐며 언성을 높였다.

"이 이상 코우타에게 집적대면 용서 안 할 거니까."

그 서슬 퍼런 태도에 코하루는 힉, 하고 작은 동물이 우는 듯한 소리를 내더니 비실비실 주저앉고 말았다.

코하루는 그대로 어깨를 오들오들 떨다가 이번에는 어린애처럼 눈물을 뚝뚝 흘리며 큰 소리로 외쳤다.

"이만 돌아갈래요! 혼담도 취소하겠어요! 그러니 용서해주세요!"

그렇게 코하루는 뒤늦게 찾아온 검은 옷 일당에게 업혀서 그 자리를 뒤로했다.

아야노는 그 등을 지켜보다가 고개를 갸웃거렸다.

"그건 그렇고 저 사람은 뭐야……?"

"아……. 응, 뭐……. 길어질 것 같으니 이따가 설명해줄게."

아야노는 밤하늘에 쏘아 올려지는 불꽃을 보더니 수줍게 눈을 내리깔며 말했다.

"이, 있잖아…… 코우타. 잠시 같이 가줬으면 하는 곳이 있는데 괜찮을까?《이 공원 바로 옆에 '천녀의 중매'의 무대가 된 네코후시미 다리가 있어……. 거기서 고백하면 반드시 성공할 거야……. 응. 코우에게 내 마음을 고백할 거라면 지금밖에 없어!》"

긴장한 표정의 아야노에게 나는 선뜻 대답했다.

"그래, 괜찮아."

"그, 그럼 갈까?《좋았어! 힘내자, 아야노! 파이팅!》"

속으로 의욕을 내는 아야노를 따라 다시 공원을 경유해서 네코후시미 다리까지 걸음을 옮겼다.

미즈키에게 '천녀의 중매' 이야기를 들었을 때부터 이 상황은 상정하고 있었다.

조금씩 다리에 가까워지자 아야노의 머리 위에 하트 모양 물체가 두둥실 떠오르며 그 안에 【10】이라는 숫자가 표시되었다.

그렇지만 이 상황이 되어서도 나는 조금도 동요하지 않았다.

문제없다. 나는 지난 몇 개월간 아야노와 함께 지내면서 아야노이 현재 성격을 파악했다.

그래서 안다.

이 고백은 절대로 성공하지 못한다는 것을……

【9】, 【8】, 【7】.

카운트다운이 넘어가는 가운데, 마침내 네코후시미 다리가 우리의 시야에 들어왔다.

그러나 그 다리를 목격한 순간.

【5—STOP—】.

그렇게 카운트다운의 숫자가 딱 멈췄다.

눈 앞에 펼쳐진 광경에 아야노는 아연실색했다.

"이, 이게…… 무슨……."

그것도 당연했다.

다리 위에는 사람, 사람, 사람.

어딜 보아도 거기에는 사람, 아니, '천녀의 중매' 이야기를 들은 커플들로 북적이고 있었다.

아야노의 어깨가 눈에 띄게 내려갔다.

"이, 이럴 수가……. 《이렇게 사람이 많으면 고백을 못 하잖아…….》"

그 순간, 하트에 표시된 숫자가 【CLEAR】란 글자로 변하더니 마치 풍선에서 공기가 빠지는 것처럼 작아지며 그대로 흔적도 없이 사라졌다.

사전에 이곳의 정보를 조사했을 때 다리의 모습을 촬영한 사진을 보고 불꽃놀이 중에는 다리 위가 사람으로 가득해진다는 것을 알고 있었다.

그랬기에 아야노의 성격상 이렇게 사람들이 붐비는 곳에선 고백을 결행하지 못하리라 생각했다.

시무룩해진 아야노에게 말을 걸었다.

"뭐, 이런저런 일은 있었지만 불꽃놀이에 늦지 않아서 다행이야. 이번에야말로 일은 끝내고 온 거야?"

"아, 응……. 뭐, 일단은……. 《으으……. 모처럼 고백할 기회였는데……. 오늘은 됐어……. 다음에 힘내자…….》"

여기까지 오는 동안 미즈키와 유나에게도 연락했는데 둘 다 빙수를 먹느라 합류하기까지 조금 시간이 걸린다는 듯했다.

축제를 만끽하고 계시는구만…….

새삼 아야노를 돌아보며 말했다.

"그러면 아야노. 이번에는 나 좀 따라와 줄래?"

"……어? 어디 가는데?"

"와 보면 알아."

아야노를 데리고 온 곳은 네코후시미 다리의 뒤편에 있는 숲 속이었다.

"저기, 코우타. 이런 곳에 뭔가 있어?"

"어디 보자……. 아, 여기야, 여기."

"여기?"

숲을 지나 도착한 곳은 조용히 흐르는 개울 위에 걸린 조그마한 목제 다리였다.

눈앞에 나타난 다리를 보고 아야노가 감탄했다.

"이런 곳에 다리가 있었구나. 사람은 전혀 없는데……. 아! 저거 봐! 다리 위에서 불꽃놀이가 보여!"

"응. 동네 사람도 대부분 모르는 숨겨진 장소라나 봐. 이 근방에 사는 사람들은 다들 아까 그 커다란 다리에 모이니까."

"그래?《박식한 코우도 멋있어! 안기고 싶어!》"

진정해라.

동네 사람도 대부분 모르는 이 장소를 내가 어떻게 알아냈는지는 간단했다.

이전에 카구라네코 신사에서 네코히메 님에게 들었던 말이 떠올랐다.

'오. 맞다. 너에게 한 가지 말해줄 게 있었구나.'

'무슨 말이요?'

'저번에 이야기한 네코후시미 다리가 있지 않으냐. 그 다리

말인데 전에 커다란 다리라고 했었지? 나중에 생각났는데 내가 아는 네코후시미 다리는 결코 커다란 다리라고 부를 수 있을 정도로 멋들어진 다리가 아니었다.'

'그래요?'

'그래. 커다랗기보다는 작고 볼품없는 다리였지.'

'볼품없다니⋯⋯. 근데 그게 정말인 거죠?'

'그래. 틀림없구나.'

'그랬군요⋯⋯. 그럼 저도 한 번 알아볼게요.'

'뭐, 도움이 될지는 모르겠구나.'

'그렇긴 하죠⋯⋯.'

그 뒤에 '네코후시미 다리'에 대해 자세히 알아보니 그 '천녀의 중매'의 소문을 주워들은 젊은이들이 여름 축제 날만 되면 다리를 차지했기에 관청에서는 사람들이 모여들어 노후화된 '네코후시미 다리'가 무너지지 않을까 우려를 했다.

거기서 해결책으로 나온 방법이 근처에 새로 만들어진 커다란 다리의 이름을 '네코후시미 다리'로 짓고 그쪽을 '천녀의 중매'의 무대가 된 장소로 유포한 것이었다.

요컨대 조금 전에 많은 사람이 모여들어 있었던 쪽의 '네코후시미 다리'는 새롭게 지어진 가짜고 지금 우리가 서 있는 이 작은 다리가 바로 '천녀의 중매'의 무대가 된 진짜 '네코후시미 다리'인 것이다.

다리의 난간을 두 손으로 짚으며 불꽃놀이를 구경하고 있는 아야노를 훔쳐보았다.

"와! 예뻐! 아, 봐 봐, 코우타! 방금 꽃 모양이었어! 대단해!"

나는 행복한 놈이다.

이런 착한 애가 나를 좋아해 주고 있다.

설령 지금은 이 이상 깊은 관계가 되지 못하더라도…….

언젠가는…… 반드시…….

나는 불꽃 소리에 가려지면 좋겠다고 생각하며 작게 중얼거렸다.

"고등학교를 졸업하면 그때도 같이 이곳에 와줘. 중요한 이야기가 있거든."

불꽃 소리는 그치지 않았다.

분명 방금 내 말도 집어삼켜 줬을 것이다.

"《코우가 방금 고등학교를 졸업하면 그때도 같이 이곳에 와 달라고, 중요한 이야기가 있다고 했었지?》"

전부 들은 거냐…….

어라? 이럴 때는 불꽃 소리 때문에 듣지 못하고 방금 뭐라고 했어? 하는 전개가 되는 법 아닌가?

그렇지만 이 다리가 진짜 '네코후시미 다리'라는 사실을 모

르는 아야노는 내 말의 의도를 눈치채지 못하고 고개를 갸웃거렸다.

"《중요한 이야기란 게 뭘까……? 설마 고백?! ……그럴 리가 없다. 고백이라면 저쪽의 '네코후시미 다리' 위에서, 하고 말할 테니까.》"

그렇고말고.

일반적으로는 그렇게 생각하겠지.

아~ 다행이다. 아야노가 일반적인 사고방식을 가진 애라서.

"《으음……. 그럼 코우는 결국 무슨 말이 하고 싶은 걸까? ……응? 저기에 뭔가 있는데……?》"

응? 뭐지?

그때까지 불꽃을 보고 있던 아야노가 다리 옆에 펼쳐진 숲 쪽을 응시하고 있었다.

뭔가 있나 싶어서 그쪽을 유심히 살펴보니 거기에는 터무니없게도 '네코후시미 다리'라고 새겨진 이끼 낀 나무 기둥 하나가 세워져 있었다.

"《네코후시미 다리……? 어라? 그건 '천녀의 중매'의 무대가 된 다리의 이름이잖아……. 어째서 이런 곳에……? 응? 으응?》"

망했다…….

땀을 뻘뻘 흘리는 나에게 아야노의 시선이 날카롭게 못 박혔다.

"《혹시 이쪽이 진짜 '네코후시미 다리'인 건가……? 그렇다는 건 코우는 그 사실을 알고 나를 여기로 데리고 온 거야? 자, 잠깐만! 그럼 아까 고등학교를 졸업하면 여기서 중요한 이야기를 하겠다는 것도 혹시 그런 이야기를?!》"

기대에 찬 눈빛을 반짝거리고 있지만 나는 여전히 땀만 뻘뻘 흘리고 있을 뿐이었다.

어, 어쩌지…….

어떻게 얼버무려야…….

그렇게 당황하고만 있으니 아야노가 작게 한숨을 내쉬었다.

"《……그럴 리가 없나……. 긴장하면 반사적으로 차가운 태도를 취할 때도 많았는데 코우가 그런 나를 좋아하게 될 리가 없지……. 그래도——.》"

아야노는 아주 살짝, 들키지 않게 내 쪽으로 다가왔다.

"《——그랬으면 좋겠다.》"

어느 사이엔가 아야노는 불꽃이 아니라 내 얼굴을 지그시 바라보고 있었고 나는 그 시선을 깨닫지 못한 척하기 위해 밤하늘만 뚫어지게 올려다보았다.

결국 내 말은 정확하게 전해지지는 않았다.

그렇지만 지금은 그거면 된다.

지금은 아직 그걸로…….

그러니 조금만 기다려줬으면 했다.

이 이상한 능력이 사라지는 그날까지.

마음속으로 그렇게 중얼거리고 있으니 숲속에서 기운 넘치는 목소리가 날아들었다.

"아! 오빠 겨우 찾았잖아! 앗! 역시 아야노 언니도 있어! 왜 둘 다 말도 없이 달려간 거야?!"

그렇게 소리친 유나에 이어서 미즈키도 모습을 드러냈다.

"코우타, 코피는 이제 괜찮아? 어라? 도묘지 씨는?"

그런 어리둥절한 두 사람의 태도에 나도 아야노도 이상하게도 웃음이 나왔다.

나는 두 사람에게 손짓했다.

"둘 다 이쪽으로 와. 불꽃이 잘 보여."

두말없이 달려온 유나와 뒤이어 따라온 미즈키도 밤하늘에 쏘아 올려진 불꽃으로 눈을 돌렸다.

"와, 정말이네? 오빠 이런 명당도 알았어? 혹시 사전에 알아본 거야?"

"오빠의 정보망이면 이 정도는 간단하지."

"뭐어? 뭔가 수상해."

"엥?! 왜?!"

미즈키가 쿡쿡 웃었다.

"그래도 정말로 불꽃이 잘 보여."

"그렇지?"

"응. 아마 나는 오늘 본 불꽃을 평생 못 잊을 것 같아. 《코우타와 함께 본 첫 불꽃놀이니까.》"

"그, 그러냐……."

윽…….

미즈키의 호감도도 나날이 올라가고 있는걸…….

아니, 결코 싫은 건 아니지만 그…… 난 고백 받으면 죽어버리는 체질이니까 말이지…….

마지막으로 아야노가 어울리지 않게 "야~호~!" 하고 소리친 뒤 부끄러운 듯이 얼굴을 살짝 붉혔다.

에필로그

카구라네코 신사의 경내에는 고양이들이 여기저기에 누워서 내가 가져온 츄르를 행복하다는 듯이 핥고 있었다.

참고로 뱌쿠야만은 내 품에 안겨서 간드러진 울음소리를 냈다.

"뱌쿠야~. 정말 고마워. 덕분에 살았어."

"야옹!"

그렇게 뱌쿠야의 머리를 쓰다듬어주고 있으니 기쁜 표정으로 츄르를 빨아먹고 있던 네코히메 님이 다가왔다.

"뭐, 이번에도 목숨은 건진 모양이니 다행이로구나. 살아만 있으면 대부분의 일은 어떻게든 되는 법이니 말이다."

"네코히메 님은 적당적당하게 살고 계시니까요……."

"뭐라? 나를 엉성하고 구제 불능에 아무도 신앙해주지 않는 밑바닥 신이라는 게냐?!"

"그렇게까지 말한 적은 없거든요……."

믿어주는 사람이 없는 걸 신경 쓰고 있었던 건가…….

별생각 없이 네코히메 님의 머리에 손을 올리자 누가 봐도 기뻐 보이는 표정으로 꼬리를 흔들었다.

"오! 뭐냐?! 쓰다듬을 셈이냐?! 에잇, 좋다! 마음껏 쓰다듬게 해주마! 냐하하!"

그러면 쓰다듬기 싫어집니다만……

쓰다듬고 싶은 마음은 좀 사라졌지만 그냥 그대로 머리를 쓰다듬으니 네코히메 님이 만족스럽다는 듯이 눈을 가늘게 좁혔다.

"그래그래. 코우타도 이제야 나의 복슬복슬한 털의 참맛을 알게 되었구나. 좋구나, 아주 좋아!"

"치유되는 건 사실이니까요."

"암 그렇고말고!"

뱌쿠야를 쓰다듬을 때랑 느낌은 같지만 말이지……

네코히메 님의 머리를 한차례 쓰다듬은 뒤에 나는 카구라네코 신사에서 그대로 학교로 향하기로 했다.

아주 유감스럽게도 여름 방학도 끝나서 오늘부터 다시 학교가 시작된다.

기둥문을 지나기 전에 네코히메 님에게 꼭 해주고 싶은 말이 있어서 돌아보았다.

뱌쿠야를 안은 네코히메 님이 무슨 일이냐는 듯이 고개를 갸웃거렸다.

"응? 왜 그러느냐? 잊은 거라도 있느냐?"

"아뇨, 네코히메 님께 한 가지만 말씀드리려고요."

"음? 무어냐?"

"아까 아무도 신앙해주지 않는 밑바닥 신이라고 하셨는데 저는 네코히메 님을 믿고 있어요.”

“……흐, 흐음. 당연한 것 아니냐. 내가 얼마나 너를 위해 움직여주고 있는데.”

“아하하. 정말로 많은 도움이 되고 있어요. 뭐, 이렇게 된 원인 대부분이 네코히메 님에게 있지만 말이죠.”

“그 소리는 하지 마라. 나는 그만 잊기로 했다.”

“아니, 혼자서만 잊으셔도 말이죠……. 그래도 그걸 감안하더라도 저는 네코히메 님을 만나서 다행이라고 진심으로 생각하고 있어요.”

“……흠. 그…… 뭐냐……. 후딱 가거라. 학교 늦는다.”

네코히메 님은 부끄러운 듯이 뱌쿠야로 얼굴을 가리며 내쫓듯이 손짓을 했다.

“아하하. 그럼 다녀오겠습니다.”

“그래. 다음에 올 때도 선물을 가지고 오도록.”

“야옹!”

그렇게 나는 카구라네코 신사의 기둥문을 지났다.

“코우타, 안녕! 어제 보고 오늘도 보네!”

책상에 가방을 두자 앞자리에 앉아있던 미즈키가 이쪽을 돌아보았다.

“안녕, 미즈키. 그건 그렇고 내 말 좀 들어줘. 유나가 자기가 받은 금붕어를 나한테 떠넘기려고 해……. 게다가 사룟값도 내 용돈에서 뺄대…….”

“아하하. 코우타도 고생이네. 나도 금붕어 받아왔으니 누가 크게 키우나 겨뤄볼래?”

“금붕어가 그렇게 크게 자라?”

“잘 키우면 20센티미터 넘게 자란다고 들은 적이 있어.”

“진짜야? 그럼 언제까지 내 용돈에서 사룟값이 나가는 거지…….”

“……고생이네.”

“하아…….”

문득 미즈키가 생각났다는 것처럼 덧붙였다.

“그러고 보니 도묘지 씨에게 연락이 왔었는데, 뭔가 갑자기 혼담을 없었던 일로 하자고 그러던데 무슨 일이 있었던 걸까? 어제도 도중에 돌아가 버린 모양이고.”

“글쎄다. 그래도 잘됐네.”

“……뭐, 그렇긴 한데.”

여느 때와 같은 미즈키와의 일상적인 대화. 복도를 달리는 학생의 발소리. 거기에 주의를 주는 교사의 목소리. 창문으로 보이는 구름 낀 하늘.

똑같은 일을 반복하는 듯한 아무 일도 없는 일상을 나는 그럭저럭 좋아했다.

이런 일상이 이어진다면 다소 무모한 짓이라도 할 수 있을 것 같았다.

졸업까지 아직 많이 남았지만 학교생활은 확실하게 끝을 향해 가까워지고 있었다.

문제없다. 버거운 일은 아니었다.

드르륵, 하고 교실 문이 열리는 소리가 났다.

절그럭거리는 가방 소리를 내며 아야노가 다가왔다.

아야노는 옆자리에 앉으며 평소처럼 나를 흘겨보았다.

"뭐."

너는 뭐.

눈이 마주치면 시비 거는 양아치니?

뭐, 이것도 이제는 일상적인 광경의 하나인가.

이제 와서 느닷없이 변하지는 않겠지.

이런 식으로 졸업까지 어떻게든 잘 넘어가 보자.

그렇게 생각한 다음 순간, 아야노는 나에게 들릴까 말까 하는 작은 목소리로 귀를 의심케 하는 말을 했다.

"내년에도 또 같이 불꽃놀이 보러 가자, 코우."

"⋯⋯⋯⋯⋯⋯⋯어?"

방금 들은 말이 정말로 아야노의 입에서 나온 건지, 아니면 속 마음을 잘못 들은 것인지 알 수 없어서 아야노 쪽을 보았지만 아까와 마찬가지로 퉁명스러운 표정이었다.

잘못 들은 거겠지⋯⋯?

아야노가 나를 코우라고 부를 리가 없으니까⋯⋯.

그렇지……?

그럴 리가 없지……?

빤히 바라보는 내 시선을 깨달았는지 아야노가 의미심장한 웃음을 지으며 검지를 살그머니 입에 가져다 댔다.

"《후후후. 마침내 코우라고 불렀어! 이걸로 한 걸음 나아간 거야! 아싸!》"

"하, 하하하……."

아무래도 내가 좋아하는 일상은 이다지도 쉽게 붕괴하는 모양이다.

……뭐, 그런 인생도 나쁘지는 않나.

작가 후기

　오랜만에 인사드립니다. 로쿠마스 로쿠로타입니다.

　마침내 '언제나 쌀쌀맞게 구는 소꿉친구지만 나를 짝사랑하는 속마음이 다 들려서 귀여워'의 만화판이 연재를 시작했습니다!

　인생 첫 만화화에 조금 들떠있습니다. 캐릭터들의 코미컬한 움직임과 표정으로 전개되는 이야기를 부디 봐 주시길 바랍니다!

　3권의 이야기는 여름 방학 중에 주인공들이 애쓰는 이야기가 되었는데, 이 책의 발매 예정은 겨울이어서 완전히 계절감이 어긋났습니다.

　이번 표지안으로 유카타 차림의 아야노를 제안했습니다만 "수영복 쪽이 여러 가지로 쓰기 좋으니 수영복으로 하죠!" 하는 담당 편집자님의 열정으로 수영복 차림의 아야노가 표지를 장식하게 되었습니다.

　노출도 많고 귀여워서 더할 나위 없습니다. 계절감을 희생한 보람이 있었다고 생각합니다.

　이번 권에서는 처음부터 '메이지 유신 시대보다 조금 전'이라는 거창한 말로 시작됩니다만 저는 역사엔 문외한이어서 메이지 시대가 정확히 어땠는지는 솔직히 잘 모릅니다. "좋아! 아주 오래전 이야기를 쓰자!" 같은 가벼운 생각으로 쓰고 말았습니다. 그래서 시대 배경에 이상한 점이 있다면 죄송합니다.

사생활에서는 유유자적한 프리터족 생활을 구가하고 있었습니다만 코로나의 영향으로 올해로 아르바이트하던 곳이 문을 닫게 되어 급히 일을 찾게 되었습니다.

시나리오라이터라면 어느 정도 경험을 살릴 수 있을 거란 생각에 소설을 쓰고 있다는 걸 어필해서 회사에 이력서를 보내 보니 "소설을 쓰고 계시군요! 그럼 바로 면접을 와주시겠어요?" 하는 꽤 긍정적인 반응이 돌아와서 매번 열 권씩 들어오는 견본책을 한 권씩, 합계 다섯 권을 들고 면접을 보러 갔습니다.

도착하자마자 지금까지 작업한 책을 보여줄 수 있냐고 해서 가지고 온 다섯 권의 소설을 건네니 "대단하네요! 이거 전부 받아도 되나요?" "물론입니다!" 하는 대화를 나눈 직후——.

"아, 그리고 우리 회사는 부업이 금지인데 소설은 그만두실 수 있으시죠?"

안 괜찮거든요! 그런 건 처음부터 말해주시죠!

결국 채용은 보류되고 다섯 권의 견본책을 주러 가게 된 것뿐이었습니다.

감사의 말입니다.

언제나 하나하나 지시를 내려주시는 담당 편집자님. 덕분에 매번 더 좋은 작품이 되었다고 생각합니다. 앞으로도 부디 잘 부탁드리겠습니다.

이어서 일러스트를 담당해주신 bun150 선생님, 이번에도 표정이 풍부한 캐릭터들의 일러스트를 그려주셔서 감사합니다. 매번 러프부터 귀여워서 미소가 나옵니다. 앞으로도 기회가 있으면 잘 부탁드리겠습니다.

마지막으로 이 책을 사주신 독자 여러분. 정말로 감사드립니다.

앞으로도 잘 부탁드리겠습니다.

또 언젠가 만나 뵙기를 바라겠습니다.

언제나 쌀쌀맞게 구는 소꿉친구지만
나를 짝사랑하는 속마음이 다 들려서 귀여워 3

2023년 07월 25일 제1판 인쇄
2023년 08월 01일 제1판 발행

지음 로쿠마스 로쿠로타
일러스트 bun150

발행 영상출판미디어(주)
등록번호 제 2002-000003호
주소 07551 서울특별시 강서구 양천로 570 NH서울타워 19층
대표전화 02-2013-5665

ISBN 979-11-380-3132-5
ISBN 979-11-380-1021-4 (세트)

いっつも塩対応な幼なじみだけど、俺に片思いしているのがバレバレでかわいい。3
ⓒ Rokumasu Rokurouta
Originally published in Japan by HOBBY JAPAN Co., Ltd.

 노블엔진(NOVEL ENGINE)은 영상출판미디어(주)의 라이트노벨 및 관련서적 브랜드입니다.